伊万·伊里奇之死

［俄］列夫·托尔斯泰 著

张猛 译

商务印书馆
创于1897　The Commercial Press

Лев Николаевич Толстой

СМЕРТЬ ИВАНА ИЛЬИЧА

©Художественная литература, 1983

根据艺术文学出版社1983年版《伊万·伊里奇之死　中短篇小说集》
（《СМЕРТЬ ИВАНА ИЛЬИЧА. Повести и рассказы»）译出

汉译世界文学名著丛书
出 版 说 明

　　1902 年，我馆筹组编译所之初，即广邀名家，如梁启超、林纾等，翻译出版外国文学名著，风靡一时；其后策划多种文学翻译系列丛书，如"说部丛书""林译小说丛书""世界文学名著""英汉对照名家小说选"等，接踵刊行，影响甚巨。从此，文学翻译成为我馆不可或缺的出版方向，百余年来，未尝间断。2021 年，正值"汉译世界学术名著丛书"出版 40 周年之际，我馆规划出版"汉译世界文学名著丛书"，赓续传统，立足当下，面向未来，为读者系统提供世界文学佳作。

　　本丛书的出版主旨，大凡有三：一是不论作品所出的民族、区域、国家、语言，不论体裁所属之诗歌、小说、戏剧、散文、传记，只要是历史上确有定评的经典，皆在本丛书收录之列，力求名作无遗，诸体皆备；二是不论译者的背景、资历、出身、年龄，只要其翻译质量合乎我馆要求，皆在本丛书收录之列，力求译笔精当，抉发文心；三是不论需要何种付出，我馆必以一贯之定力与努力，长期经营，积以时日，力求成就一套完整呈现世界文学经典全貌的汉译精品丛书。我们衷心期待各界朋友推荐佳作，携稿来归，批评指教，共襄盛举。

商务印书馆编辑部

2021 年 8 月

寻找一种正确且甘心的死亡

一

大概很少有人能像俄国作家列夫·托尔斯泰（1828—1910）那样热衷于谈论"死亡"。在他 13 卷的日记里，这些问题被反复提及——人应该怎样死亡？死后会是怎样？人又为什么活着？托尔斯泰在 19 世纪 70 年代末到 80 年代初的思想转变也被认为在很大程度上同他对死亡的恐惧有关。在《忏悔录》中，托尔斯泰记下了这样的体验：有一天他突然意识到，他在世上的存在是完全没有意义的，因为他将会死去。

有时候，在我准备思考如何教育孩子时，我突然向自己发问："这是为了什么？"或者是在思考怎样使农民变得富足时，我突然扪心自问："我这是在做什么？"又或者是想到我的作品带给我的那些荣誉时，我问自己："好吧，你将会比果戈理、普希金、莎士比亚、莫里哀，比世界上任何的作家都有名——这又能怎样？"①

他在自己的多篇作品中，试图为"死亡"问题寻求一个积极乐观的答案。1858 年，在短篇小说《三死》中，他通过描述三种不同的死亡方式，表达了自己的立场：要克服对不可避免的死亡的恐惧，最好的办法就是像一棵树的死亡那样，变成十字架，与大自然合二为一。几年之后，他又在《战争与和平》中借安德烈公爵之口，表达对死亡的看法："是的，那就是死亡。我死了——我就醒了过来。没错，死亡就是醒过来！"②

这些早期的探索多少带着些理想和浪漫的气息；而在创作后期，托尔斯泰对死亡的体认发生了很大的变化，这突出地反映在他于 1886 年完成的中篇小说《伊万·伊里奇之死》上。

出身公务员之家的伊万·伊里奇天性聪慧，早年学习法律，毕业后成为了一名司法系统的工作人员。同普通人一样，他经历职场起伏、结婚生子、中年危机，终于借助一次偶然的机会获得升迁。就在他兴致勃勃地装修完新房，准备享受生活时，身体却出现了问题。伊万·伊里奇在病床上与死亡抗争，同时也在反思自己循规蹈矩的一生，遍尝家人与同僚的伪善和冷漠。最终，经历了漫长的思想煎熬，伊万·伊里奇在生命弥

---

① 列夫·托尔斯泰：《忏悔录》，艺术文学出版社列宁格勒分社 1991 年版，第 45 页。

② 列夫·托尔斯泰：《战争与和平》第 2 卷，艺术文学出版社 1970 年版，第 451 页。

留之际接受了死亡。他惊奇地发现，当他拥抱死亡时，疼痛消失了，而死亡也不复存在。

在这部中篇小说问世的一百多年里，它被世界各地的读者广泛阅读与讨论，如今，它已经成为托尔斯泰"三部巨制"之外最知名的代表作。著名俄侨作家、《洛丽塔》一书的作者纳博科夫对这本书大加称赞，称"这个故事是托尔斯泰最具有艺术性、最完美、最成熟的成功作品"[1]。在他的文学课讲稿中，还提到一个重要观点："这个故事实际上并不是关于伊万的死，而恰恰是关于伊万的生。"[2]

二

在走近小说的主人公之前，或许有必要提一下他的原型——图拉州法院的检察长伊万·伊里奇·蔑奇尼科夫。托尔斯泰评价他"是一个有卓越思想的人"[3]。他对于死亡的看法，以及对于自己度过的碌碌无为的生活的反思，都给作家留下了很深的印象。1882年2月4日，小说中的伊万·伊里奇因为胃部不明原因的疼痛死去；而在现实生活中，1881年的7月2

---

[1]　纳博科夫：《俄罗斯文学讲稿》，丁俊译，上海译文出版社2018年版，第278页。

[2]　同上。

[3]　转引自塔季扬娜·库兹明斯卡娅：《我在家中以及亚斯纳亚·波良纳的生活》，真理出版社1986年版。

日，伊万·蔑奇尼科夫死于严重的脓疮感染。

不过，小说中的伊万并不像图拉的检察长那样，是个"有卓越思想的人"，他只是一个普通人：人生际遇普通，思想也普通。他出身于普通的公务员家庭，父亲是一个非必要部门里的非必要官员；长大以后，他几乎重复了父亲的职业生涯和生活方式，他的一切行为和思想都在"他的洞察力正确地指引他的那个范围之内"；从开头吊唁的片段来看，在同僚眼中，就连作为"死人"，伊万·伊里奇也是普通的——"死者像所有的死人那样躺着，看起来十分沉重……"

然而，恰恰是这些"普通"传达了不一样的意味——它使人感同身受，联想到自身。就像小说第二章的开头所写的那样，"伊万·伊里奇所经历的生活是最平淡无奇，也是最可怕的"。在诸多普普通通的生命历程中，也包括了普遍的、没有人能够避免的死亡。

文中有两处细节，展现了一个普通人刚一接触到死亡时的反应：伊万·伊里奇在床上胡思乱想时，想起基泽韦特关于死亡的三段法，心存着徒劳的侥幸——"卡伊是人，人都会死，所以卡伊也会死。他觉得这个例子永远都是对的，但是这只是用在卡伊身上，而不是对他而言的。"他认为自己不是卡伊，也不是一般的人，永远不会置身于死亡的境地。而另一处这样的细节则出现在小说开头的吊唁，他生前的好友彼得·伊万诺维奇一想到自己也可能会死，赶紧暗示自己，要摆脱这种念头，以免陷入郁郁寡欢的境地。托尔斯泰敏锐地抓住了所有人的这一心理：对于死亡，人似乎永远都处于"准备不足"的状态。

不仅没有准备好赴死，人类的一切活动都在朝向一种永垂不朽的状态推进。在小说里，伊万·伊里奇将自己大量的热情，投入到房子的"装修"上面。对于这个新房子，伊万·伊里奇曾有过各种各样的构思，想象房间里的一切家具和摆件都布置就绪的场景，他兴奋得夜不能寐，仿佛自己要在这栋房子里住上一千年、一万年。

物质上的极大丰富制造了一种虚假的安全感，但死亡并不会因此停下脚步。伊万·伊里奇死后，他的太太在客厅会见前来吊唁的客人时，需要绕过桌子去沙发上坐，因为"客厅里几乎被家具和小摆件给占满了"，在行走的过程中，她的"黑披肩上的黑色花边被桌子上的镂空雕饰挂住了"，这个细节虽然很不起眼，却充满了巨大的讽刺，它揭示了日常生活的冗杂以及过度的装饰性。

对物质性的批判，与托尔斯泰对肉体生命的否定态度有关。他在《忏悔录》中写道，有理性的人在肉体存在的状态里，是没办法认识到真实生命的。[①] 就像伊万·伊里奇在病床上同自己的"躯壳"进行的艰难斗争，同肉体生命的诀别，是人一生中最为复杂的阶段。这不由得使人想起托尔斯泰本人的

---

① 转引自 A. 格拉特舍夫：论列夫·托尔斯泰中篇小说《伊万·伊里奇之死》的死亡主题，《乌拉尔语文学报》2015 年第 3 期。

一则趣事。很早的时候，托尔斯泰的牙就掉光了，因此晚年的时候，他主要喝粥，吃软面包。但他并不为此而气恼，他说，没有了牙，肉体就变得少了。一个人精神越多，肉体就越少。

三

俄罗斯的东正教向来对"死亡"十分重视，一个很鲜明的例证是：欧美一向重视圣诞节，而在俄罗斯最重要的宗教节日是复活节。这部中篇小说，也是托尔斯泰宗教思索的成果。在创作《伊万·伊里奇之死》的这一阶段，他还写作了《我的信仰》《天国在你心中》等一系列的宗教哲学文章。在学者B.A.图尼曼诺夫看来，《伊万·伊里奇之死》是托尔斯泰思想探索的文学化体现。通过伊万·伊里奇与死亡的抗争过程，托尔斯泰意图向他的读者们进行这样的死亡教育：真正的人类生活在于使肉体生命服从于精神生命。当一个人意识到他的精神生命比他的肉体生命给他带来更多好处时，这样的生活就开始了。

为了更具体地传达自己的宗教观念，托尔斯泰塑造了盖拉西姆这样一个精神存在远大于肉体存在的圣徒形象。与小说中其他形象不同，盖拉西姆最大的特点是真诚、不虚伪，而在伊万·伊里奇死前所有的回忆中，能够让他略感安慰的也都是一些他生命中那些真诚、不做作的时刻。盖拉西姆老老实实地说出自己对死亡的看法："我们大家都是要死的。为什么活着时不付出点劳动呢？"小说中所有人都对死亡避之不及，只有盖拉西姆不害怕死亡："这是上帝的旨意。我们大家都要去那个地方。"

如果说伊万·伊里奇的"赴死旅程"是小说的一条明线的话，围绕盖拉西姆的行为则形成了一条隐秘的暗线。在小说的叙事中，他起到了指引者的功能，指引伊万·伊里奇放下自己惧怕的东西，心甘情愿迎接死亡。

除了对圣徒形象的塑造，也有一些俄罗斯学者指出了小说中的"审判"情节与宗教的关系。在这部作品中，托尔斯泰之所以选择一个"检察官"作为主人公并非毫无用意。小说中提到，作为检察官，伊万也曾怀着引以为傲的明察秋毫和清正廉洁，完成了上级分配的关于分裂派教徒问题的各项任务。然而吊诡的是，他拥有"提审任何人、把所有人关进大牢"的特权，却在一场无妄的病痛之后面临死亡的审判。

托尔斯泰正是用这场死亡审判提出他的质疑，伊万以及他所代表的司法机关是否有权力审判他人呢？在《福音书》里有这样的话："你们不要论断人，就不被论断；你们不要定人的罪，就不被定罪；你们要饶恕人，就必蒙饶恕。"[①] 托尔斯泰在同一个时期提出的"勿以暴力抗恶"，也正是以这些基督教的教义为基础的。他不否认人所做的一切都将受到裁决，但这绝不来自于另一个人。在小说中，伊万·伊里奇想到死亡，

_____

① 出自《路加福音》第 6 章第 37 节。

发出了这样的内心独白："看啊，现在开庭了！可是我没有犯罪啊！""为什么要审判我？"这一次审判他的不是他的同僚，而是公正无私的神。

四

在探讨了小说中的人物形象和思想内容以后，我们需要重新回到文章的标题。既然托尔斯泰是在用小说的形式，为自己对死亡的困惑寻找答案。那么，究竟怎样的死亡是正确且令人甘心的呢？

在伊万·伊里奇初次意识到自己将会死亡的时候，他充满了恐惧。因为他害怕失去自己的个性，害怕失去自己的那个"我"。他暗自盼望疾病能够好起来，为此他认真服药，并积极寻求不同医生的帮助。他的所有抗争都在指向一点：他不甘愿就这样死去。在临死前的三天里，他不停地喊叫。这既是身体的疼痛所致，也出于他内心对死亡的恐惧，以及明白挣扎无济于事的绝望。直到最后一个小时，当他意识到身边的亲人因为他的痛苦也备受折磨，他开始产生可怜他们的心理时，痛苦突然消失了。死亡不再可怕，相反，"死也没有了"，取而代之的是光明。"真快乐啊！"这是他在意识清醒时的最后体验。

从痛苦到快乐，这只可能发生在伊万·伊里奇的精神层面。也就是说，他明白了这肉身并不值得眷恋，他应当为了精神而弃绝肉体，弃绝这个"我"，于是，他的痛苦消失了，他的灵魂发生了自由的转换，步入了天国。

这也是纳博科夫认为这部小说讲的不是"死"，而是"生"的原因所在。托尔斯泰相信，生命是无限的，在死之后，等待我们的是另一种全新的生活。小说的结构安排大概也出于同样的考虑：将伊万·伊里奇死亡的事实放在开头，却在作品的最后描写了"死亡再也没有了"的状态。一言以蔽之，死亡就是灵魂存在状态的转换。

可以说，这是一部写给所有人的"死亡教育"之书。即便没有足够的宗教知识，缺乏对"托尔斯泰主义"的认识，也不妨碍今天的读者将它视作一种对死亡问题的积极探索。在托尔斯泰之后，另一位哲人海德格尔也在《存在与时间》中，对死亡做出过一番思考。他区分了"死"与"亡"的两种状态，并提出"向死而生"的概念：只要一个人还没有亡故，他就是在向着死的方向活着。① 也许可以这样说，海德格尔对死亡的论述为托尔斯泰的"死亡观"提供了前提：人只有在有生之年保持着"向死而生"的态度，在他最后的时刻，才更容易寻求到一种正确且甘心的死亡。

张猛

2023 年 9 月于北京西红门

---

① 马丁·海德格尔：《存在与时间》，陈嘉映、王庆节译，商务印书馆 2016 年版。

一

在法律机关大楼里，梅里温斯基家族案审理的休庭期间，审判委员们和检察长聚集在伊万·叶戈罗维奇·舍别克的办公室，聊起了广为人知的克拉索夫案。费奥德尔·瓦西里耶维奇情绪激动，极力证明此案不属于法院审理范围之内，伊万·叶戈罗维奇则坚持着自己的看法。彼得·伊万诺维奇一开始就没有参与争论，他无心应战，摊开刚送过来的《新闻》报浏览起来。

"先生们！"他叫道，"伊万·伊里奇死了。"

"真的假的？"

"喏，您瞧瞧。"他说着，把那份崭新的，飘着油墨味的报纸递给了费奥德尔·瓦西里耶维奇。

黑色的边框里印着一段文字："普拉斯科维娅·菲奥德洛芙娜·戈罗温娜沉痛讣告各位亲朋好友，先夫，高等审判厅委员伊万·伊里奇·戈罗温不幸于一八八二年二月四日去世，兹定于星期五下午一时出殡，特告。"

伊万·伊里奇生前是在座各位的同事，而且大家也都很喜欢他。他已经病了有几周了，据说患的是不治之症。职位倒还给他留着，但是据推测，等到他死了，阿列克谢耶夫就会取代他的位置，而阿列克谢耶夫的位子由文尼科夫或者施塔别尔来填补。因此，一听到伊万·伊里奇的死讯，在座各位脑子里冒出的第一个想法就是——他的死会给自己或者是熟人的官运带来什么样的影响。

"这下，或许我就升到施塔别尔或者文尼科夫的位子上了。"费奥德尔·瓦西里耶维奇想，"这件事领导早就答应了的，这次晋升除了能分到一个办公室以外，每年还会增加八百卢布的俸禄。"

"现在应该考虑呈报领导，把内弟从卡卢加调过来了。"彼得·伊万诺维奇也打着自己的算盘，"妻子不知会有多高兴呢！看她以后还怎么抱怨我，说我从来也没为她的亲人出过一丁点儿力。"

"我早就想过，他这一病是起不来了，"彼得·伊万诺维奇说出了声，"可惜啊。"

"他到底是什么病呀？"

"医生们也没有什么定论。确切地说，诊断结果是有，但是各不相同。我最后一次见他的时候，还以为他能康复呢。"

"我从过完节就没再去过他那儿，一直打算去呢。"

"他留下遗产了吗？"

"似乎他妻子有点儿家底，但是也没有多少。"

"是啊，应该去看看。他们住得可真够远的！"

"那是离您家远，您家到哪儿不远呢。"

"又来了，就因为我住在河对面，他每次都不依不饶啊！"

彼得·伊万诺维奇笑着对舍别克说。于是他们讨论起了城区距离的遥远，朝法庭走去。

这一死讯除了让每个人暗自思忖由此带来的官职的升迁之外，熟人的死亡本身给每个获悉的人带来的，无非像以往一样，即一种愉悦感：死的是他，不是我。

"怎么样，他死了；可是我还活着呢。"每个人都这样想过或者感受过这一点。那些和伊万·伊里奇亲近的，所谓的朋友们，不由自主地就会考虑到，现在他们不得不去履行乏味的吊唁义务，前往参加葬礼并慰问遗孀。

这些人里头和死者最亲近的，就数费奥德尔·瓦西里耶维奇和彼得·伊万诺维奇了。

彼得·伊万诺维奇是死者在法律学校的同学，他觉得死者生前给了他不少帮助，因而心存感激。

吃午饭的时候，彼得·伊万诺维奇告诉了妻子伊万·伊里奇去世的消息，以及有可能把内弟调过来的想法。吃过饭他也没有休息片刻，穿上燕尾服就乘车赶往伊万·伊里奇家。

在伊万·伊里奇院落的大门口，停着辆四轮马车和两个车夫。楼下的衣帽间前，靠墙立着覆盖着绸缎的棺材盖，周围是璎珞和刷了金粉的绶带。两位穿着丧服的女士脱掉了皮大衣。其中一个是伊万·伊里奇的妹妹，这个他认识，另一个不认识。彼得·伊万诺维奇的同事施瓦茨正好从楼上下来，一眼瞧见进来的人，停住了脚步朝他递眼色，好像在说："伊万·伊里奇走得可真窝囊，换作我们俩绝不会这样。"

施瓦茨留着英式连鬓胡子的脸，连同燕尾服包裹着的修长的身材，像往常一样，透露出一种优雅的庄重。这种庄重一直同他玩世不恭的性格不相符合，在这里却有着特殊的意味。彼得·伊万诺维奇这样想着。

彼得·伊万诺维奇给女士们让了道，并缓慢地尾随她们上了楼梯。施瓦茨没有下去，在楼上停下了。彼得·伊万诺维奇明白他的用意：他是想和他商量，在哪儿打文特牌。女士们穿过楼梯，去看望遗孀，施瓦茨严肃地紧闭嘴唇，目光里带着戏弄，挑动眉毛给彼得·伊万诺维奇示意，提示他到右边死者的房间去。

彼得·伊万诺维奇走进了房间，像往常一样，他暗自踌躇着接下来应该做什么。他单单知道，在这种场合画十字永远都是行得通的。要命的是现在要不要鞠躬，他完全拿不准，只好选择了个折中的做法：进房间后他画了十字，稍微弯了弯腰，看起来像是要鞠躬的样子。随着手臂和头的摆动，他顺势瞥了瞥房间。屋里站着两个年轻人，其中一个是中学生，或许是侄子辈的什么人，画着十字朝外面走去；一个老太太站在那儿一动不动，一位女士正奇怪地高扬着眉毛，悄声对她说着什么；身穿常礼服①的助祭精神饱满，果断利落，正神态超然地高声读着什么；厨房里的下人盖拉西姆轻轻抬着脚，走到彼得·伊

---

① 常礼服：也称晨礼服，主要在白天穿，适于参加白天举行的庆典、茶会、婚礼等。

万诺维奇的前面，朝地板上撒了些什么东西。一看到这些，彼得·伊万诺维奇突然嗅到腐臭尸体发出的微臭。上一次来看望伊万·伊里奇的时候，彼得·伊万诺维奇曾在书房见到过这个下人。他那时候做的是护理病人的活儿，伊万·伊里奇非常喜欢他。彼得·伊万诺维奇不断地画十字，在介于棺材、助祭和供奉于墙角桌子上的神像三者中间的位置轻微地鞠躬。直到他觉得这种用手画十字的动作已经持续了相当一段时间，才停下来一会儿，接着开始打量尸体。

死者像所有的死人那样躺着，看起来十分沉重，僵硬的肢体深深陷进棺材的垫子里。和其他的死人一样，他发黄的额头朝前凸出。他两鬓塌陷，脑门上的头发也很少了，鼻子却高耸着，像要把上嘴唇给压下去一样。他身上发生了巨大的变化，从上次彼得·伊万诺维奇探望他到去世，又瘦了许多；然而他和其他的死人一样，面孔比活着时漂亮了，主要是庄重了许多。他脸上的表情似乎在言说着，所有该做的事我都做了，并且做得很正确。除此之外，在这种表情里还夹杂着对活人的责备和告诫。这种告诫在彼得·伊万诺维奇看来，显得不合时宜，至少和他无关的。不知道为什么，他心中升腾起不快，于是彼得·伊万诺维奇匆匆画了个十字，动作之草率连他自己都觉得过分，有失礼节。他转过身，朝门口走去。施瓦茨正在外屋等他，两腿叉开，两只手插到背后摆弄着自己的圆筒礼帽。望一眼施瓦茨玩世不恭、干净匀称又英俊挺拔的外表，彼得·伊万诺维奇的精神立刻来了。

彼得·伊万诺维奇明白，施瓦茨超然于这一切，没有任何抑郁感伤。他的表情在表明态度：伊万·伊里奇的丧事无论如何不足以成为破坏规矩的理由，也就是说什么也不能阻止他们在今天晚上，伴着仆人摆好的新开封的四支蜡烛，摊开纸牌，开心开心。总之无法设想这件事能够影响我们快活地度过今晚。彼得·伊万诺维奇从这儿经过时，施瓦茨低声告诉他这个想法，提议他加入到费奥德尔·瓦西里耶维奇家的这个集体中来。但是看来，彼得·伊万诺维奇是无福消受今晚的文特牌局了。普拉斯科维娅·菲奥德洛芙娜个头不高，体态肥胖，尽管她费尽心思希望朝相反的方向发展，肩以下还是在不断地加宽。她身穿丧服，头上扎着带花边的绸带，像那个站在棺材对面的老太太一样奇怪地扬起眉毛，她陪同别的太太从自己的内室里出来，把她们送到死者的房门口，说：

"安魂祷告就要开始了，请进去吧。"

施瓦茨迟迟疑疑地鞠了个躬，没有动，看起来对这个建议没有表示接受，也没表示拒绝。普拉斯科维娅·菲奥德洛芙娜认出了彼得·伊万诺维奇，叹了口气，走到他身边，抓住他的手说道：

"我知道，您是伊万·伊里奇真正的朋友……"她定定地望着他，等待着他听到这番话做出相应的动作。

彼得·伊万诺维奇明白，就像在那里需要画十字，这个时候应该握住对方的手，叹一口气然后说："请相信我吧！"他也正是这么做的。做完之后，他感觉到所收到的效果是合乎情理的：他感动了，她也感动了。

"趁着安魂祷告还没有开始，请您跟我来一趟吧！我有点儿话要对您说，"遗孀请求道，"请把胳膊给我吧！"

彼得·伊万诺维奇伸出胳膊来，他们朝着内室里走去，走过了施瓦茨身边，后者悲哀地朝彼得·伊万诺维奇使眼色，仿佛在戏谑："文特您是打不成了！别见怪啊，我们只能找别人了。要是您抽得开身，咱们五个打也成。"

彼得·伊万诺维奇叹了口气，更加深沉和悲伤了。普拉斯科维娅·菲奥德洛芙娜感激地抓紧了他的胳膊。走进了他们家灯光昏暗、四壁糊满了玫瑰色克列通棉布①的客厅，两个人坐在了桌子旁：她坐到了沙发上，而彼得·伊万诺维奇则坐在了一张弹簧坏掉、一坐下来就颤颤悠悠乱晃的矮软凳上。普拉斯科维娅·菲奥德洛芙娜本来要提醒他坐另一张椅子的，但是考虑到这种关照和她现在的处境不相符合，只得作罢了。一坐到这张椅子上，彼得·伊万诺维奇就不由得想到，当初伊万·伊里奇是如何布置这个客厅，如何和他商量就用这种带有绿叶的玫瑰图案的克列通装饰墙壁。遗孀绕过桌子要往沙发上坐的时候（客厅里几乎被家具和小摆件给占满了），她黑披肩上的黑色花边被桌子上的镂空雕饰挂住了。彼得·伊万诺维奇起了身，想要扯掉挂住的部分，随之弹起来的软凳不安地晃动着推他。遗孀伸手，想把挂住的花边解开，于是彼得·伊万诺维奇

---

① 克列通棉布，一种粗糙厚重的印花布，常用作家具蒙面材料。

重又坐下，压住了屁股下造反的软凳。但是遗孀没能够完全解开，彼得·伊万诺维奇便又起身，软凳又反抗性地弹起，甚至还发出了声响。当这一切都结束了以后，她掏出一块干净的麻布手绢，哭了起来。彼得·伊万诺维奇则因为之前花边和软凳的捣乱，心生倦意，坐在那里皱紧了眉毛。恰好这个时候，伊万·伊里奇的下人索科洛夫走了进来，打破了尴尬的场面。他进来报告说，普拉斯科维娅·菲奥德洛芙娜选定的坟地价值两百卢布。她止住了哭，用受迫害的神情扫了彼得·伊万诺维奇一眼，接着用法语说自己心情非常悲痛。彼得·伊万诺维奇做了个默认的表情，以此表明这是无可奈何的事情，自己对这一点深信不疑。

"请抽支烟吧。"她用大方体恤又不无悲恸的声音说道，接着和索科洛夫谈论坟地价格的问题。彼得·伊万诺维奇一边点烟，一边听她十分详尽地询问不同地段的价格，并确定了自己想要的那块地。谈完了坟地的问题，她又吩咐了唱诗班的事情，索科洛夫便走出去了。

"样样事情都是我来操办。"她说着，把放到桌子上的相册挪到一边去。等她注意到烟灰对桌子造成了威胁，连忙把烟灰缸挪向彼得·伊万诺维奇那侧，接着说，"如果谁说我因为悲痛无法料理实际事务，这是没天理的。倘若还有什么虽然不能给我安慰……总还能分担点忧伤的话，那就是因他而操劳。"她又一次掏出了手帕，好像就要哭出来了，却又突然打起了精神，仿佛尽力忍住了悲伤，开始平静地讲道：

"不过我有件事想和您谈谈。"

彼得·伊万诺维奇点了点头，刻意留心着不让软凳的弹簧发出声音，不过这些弹簧立刻便在他屁股下乱动起来。

"最后几天，他痛苦到了极点。"

"非常痛苦吗？"彼得·伊万诺维奇问道。

"天哪，简直痛苦得不行了！最后的几个小时，而不是几分钟，他就没有止住过喊叫。一连三天三夜，他直着嗓子不停地喊啊。那种悲痛谁也受不了，我都不知道自己是怎么熬过来的，隔着三重门都听得见呢。天哪！我受了多大的煎熬啊！"

"莫非他那个时候还神志清醒？"彼得·伊万诺维奇又问道。

"是啊，"她低声说，"一直到最后一分钟。临死前一刻钟，他才和我们告别，还让我们把瓦洛佳领出去。"

尽管意识到自己和这个女人都在装腔作势，可是一想到这个和自己那么熟悉的人所经受的痛苦，彼得·伊万诺维奇还是会毛骨悚然。想想吧，这个人一开始是一个快乐的小男孩，后来他们一起成了学生，及至后来一起成人，做了同事，现在他仿佛又看到那个前额，那个紧压着嘴唇的鼻子，再联想到自己，他不寒而栗。

"三天三夜痛苦的折磨，接着就是死亡。这可是随时都有可能发生在我身上。"他这样想着，恐惧瞬时掠过。可是立刻，他自己也不知道怎么回事，一种通常的想法援助了他：是伊万·伊里奇，而不是他，也不应该、不可能是他遭受这样的劫数；他如果那样想就会郁郁寡欢，这是很不应该的，施瓦茨脸上的表情就说明了这一点。考虑到这些，彼得·伊万诺维奇放心了，他开始饶有兴趣地询问伊万·伊里奇死时的细节，仿佛死只是一种例外情况，是只有伊万·伊里奇独有的例外，而和他完全没有关系。

在经过了一通有关伊万·伊里奇所忍受的可怕的肉体折磨的细节的谈话之后（彼得·伊万诺维奇从伊万·伊里奇的痛苦对普拉斯科维娅·菲奥德洛芙娜的神经的作用，就已经可以了解到相关细节了），这位遗孀看起来意识到应该转入正题了。

"天哪，彼得·伊万诺维奇，多么痛苦，多么恐怖的煎熬，多么恐怖的煎熬啊。"她说着，又哭起来了。

彼得·伊万诺维奇不停地叹息，等待着她擤鼻涕的时刻。当她擤鼻涕时，他就说道：

"请相信我吧……"她接着又娓娓道来，显然这个时候说的内容是她要找他的真正目的。她想要了解，丈夫去世后，她如何从国库领取抚恤金。她装作询问彼得·伊万诺维奇有关抚恤金的问题，可是他看得出，这位遗孀已经知道了有关抚恤金的细枝末梢，甚至比他了解得还要翔实：她知道由于丈夫去世，她可以从国库中得到什么；只是现在她想知道的是，能不能从那儿捞到更多的钱。彼得·伊万诺维奇努力想要找出一种方法，但是前后设想了几个以后，他出于礼节骂了几句政府吝啬之类的话，然后说，或许没有办法再多拿些了。于是，她叹了口气，看样子已经思忖着怎么把客人打发走了。他看出了女主人的心思，便掐灭了烟，站起来和她握了握手，朝前厅走去。

用餐室里挂着一座挂钟，这曾经是伊万·伊里奇引以为豪的物件，是他从古董店里买回来的。彼得·伊万诺维奇遇到了一位神父和几个参加丧礼的熟人，还看到了他熟识的漂亮的小姐，伊万·伊里奇的女儿。她穿着丧服，本来就十分纤细的腰肢现在更显得细了。她表情阴郁，坚决，近乎愤恨。她向彼得·伊万诺维奇鞠躬的神态，好像是他有了某种过失。在她身后站着同样愤懑的富有的年轻人，彼得·伊万诺维奇认识他，他是法院的预审官，据说还是她的未婚夫。彼得·伊万诺维奇郁郁地向他点了点头，想要走进死者的房间。这时从楼上下来伊万·伊里奇的儿子，一个中学生，相貌体态和他的父亲十分相似。这简直就是一个小伊万·伊里奇，彼得·伊万诺维奇还记得，在法律学校读书的时候他见到的伊万·伊里奇就是他儿子这个样子。这孩子的眼睛哭肿了，周身不是很干净，就像通常的十三四岁的孩子那样。男孩一看到彼得·伊万诺维奇，表情就严厉起来，有些羞赧地皱起了眉头。彼得·伊万诺维奇朝他点了点头，走进了死者的房间。安魂祷告已经开始了——蜡烛，呻吟声，祭香，眼泪，以及抽泣声。彼得·伊万诺维奇双眉紧锁站在那儿，眼望着前方的脚尖。他自始至终没有看死者一眼，没有受到悲伤情绪的感染，并且是头一批走出了房间。前厅里已经空无一人了。盖拉西姆，那个打杂的农民，这个时候从死者的房间里跑出来，用自己强有力的大手把堆叠的大衣一件件翻开，找到了彼得·伊万诺维奇的那件，递给了他。

"怎么样，盖拉西姆老弟？"彼得·伊万诺维奇没话找话，问他，"有没有觉得遗憾？"

"这是上帝的旨意。我们大家都要去那个地方。"盖拉西姆说着，露出了他洁白而齐整的农民的牙齿来，就像一个干活儿干得正起劲的人一样，他随手迅速地推开了门，叫了车夫一声，安顿好彼得·伊万诺维奇上了马车。然后他蹦跳着回到了门廊，好像在考虑，还要做什么事情。

彼得·伊万诺维奇离开了充满祭香、腐尸和石炭酸的气味的房间，折回到外面呼吸新鲜干净的空气，顿时觉得神清气爽。

"您要去哪儿？"车夫问他。

"还不晚。顺路去费奥德尔·瓦西里耶维奇家里一趟。"接着彼得·伊万诺维奇出发了。果然，等他到时，第一圈刚打完。接着，他作为第五个牌友加入了牌局。

二

伊万·伊里奇所经历的生活是最平淡无奇，也是最可怕的。

伊万·伊里奇终年四十五岁，生前是审判厅的委员。他的父亲是一位官员，曾经在彼得堡的各部和各司局任过职。这样的为官经历能够给人带来一种优越的地位，那就是尽管这种人一看就知道不适合担任任何重要职务，但是他们却因为资历老、官衔高，不会被清走。因此便会为他们增设某些没有实质的闲职，给他们发六千到一万不等的俸禄。他们也就靠着这笔不多也不太少的俸禄颐养天年。

伊利亚·叶菲莫维奇·戈罗温所担任的三等文官，也正是各种多余的机构里多余的官职之一。

他一共有三个儿子，伊万·伊里奇排行老二。长子像他的父亲那样仕途顺利，只是在另一个部里供职。他凭着自己的老资历，也快要到达那种领取闲职俸禄的地位了。最小的儿子却不太走运，在官场里处处碰壁，现在在铁路部门任职。他的父亲和哥哥，尤其是两位嫂子，不仅不喜欢见到他，平时不到万不得已的时候，也从不愿意想起他的存在。他们还有一个妹妹，嫁给了格列夫男爵，他也和自己的岳父一样在京城做官。伊万·伊里奇就像大家都说的那样，是 le phenix de la famille[①]。他不像哥哥那样冷若冰霜，行为刻板，也不像自己的弟弟那样莽莽撞撞。他正好介于二者之间——聪明，活泼，讨人喜欢又知书达理。他和弟弟一起在法律学校读书。弟弟没有读到毕业，五年级时就被勒令退学，而伊万·伊里奇却以优异的成绩圆满完成学业。在法律学校时，他就已经开始践行后来生活中一贯遵循的行为准则：才能卓著，乐观善良，交友广泛又严格履行自己认为应该完成的职责；所有身居高位的人所引以为自己职责的事务，他样样就范。不管是年少之时，还是在成年以后，他都没有阿谀奉承的作风，但是他很小的时候就像苍蝇向往光明一样对上流社会身居高位的人无限景仰，亦步亦趋地学习他们的为人处世，效仿他们对生活的态度和见解，并同他们建立良好的关系。他童年和青年时期的一切爱好都如过眼云烟，没有留下一点痕迹；他也曾经迷恋过女色和虚荣，并且后来在大学高年级时也接触过自由的思想。但是这些都在一定范围之内，也就是他的洞察力正确地指引他的那个范围之内。

在法律学校的时候，他曾经做过一些自己事先认为无耻下流的行为，在他做的时候他深深地对自己感到厌恶。但是后来，他看到那些身居高位的人也做这样的事情，并且他们自己也不认为这样的行为是龌龊的。于是他不仅承认这些行为是

---

① 法语：全家人的骄傲。

好的，并且忘记了它们，就算又想起来了也毫无痛心之处。

他以十品文官的资格从法律学校毕业，又从父亲那儿得到了一笔服装费，在沙默尔的店里为自己定做了一套衣服，在表坠上挂上刻有"respice finem"①的纪念章，和亲王以及老师告别，又和同学们在顿诺大饭店大吃了一顿，手提着时髦的皮箱，带着从最好的商店购置的内衣、服装、洗漱用具以及毛毯，乘车去了外省，担任父亲为他谋得的省长特派专员的职务。

在外省，伊万·伊里奇很快就为自己制定了和在法律学校时一样轻松又愉快的处世之道。他做官，升职，同时欢快而不失体面地寻欢作乐。有时候他受上级指派到县城巡视，对上级和下属都保持了应有的庄重，他以一种自己也忍不住引以为傲的明察秋毫和清正廉洁，完成了上级分配的关于分裂派教徒问题的各项任务。

尽管他年轻时喜好酒色，在处理公务时却能够做到秉公办事，刚正不阿；而在社交事务上，他一改严厉的做法，常常能如鱼得水，妙语连珠。他总是那么殷勤体贴，彬彬有礼，就像他的上司和上司夫人们——他是他们家里的常客——说的那样，bon enfant②。

在外省，曾经有一位女士对这位装束体面的法律学校的高

---

① 拉丁语：宜有先见之明。
② 法语：好孩子。

材生死缠不放，和他不清不白；他有过一个情人，是女裁缝；他曾经和外地前来视察的官员把酒言欢，酒足饭饱后光顾花柳巷；他也巴结过上司，甚至巴结过官太太，只是这些事情他做得天衣无缝，滴水不漏，让人挑不出理来——所有这些都可以用一句法国格言做总结：il faut que jeunesse se passe^①。所有这些都是一个有着干干净净的双手，穿着干干净净的衬衫，口吐法语词汇的人干的，而且最主要的是，这些事情全都发生在上流社会，因此也就得到了身居高位的人的首肯。

伊万·伊里奇就这样任职了五年，直到后来调往新的职位。一些新的法律机构出现了，因此也就需要一批新人。

而伊万·伊里奇就成了这样的新人。

伊万·伊里奇被选派为法院预审官，尽管新的工作部门在另一个省，他不得不抛却已经稳固的社会关系，建立新交，伊万·伊里奇还是欣然赴职。他的朋友们为他送行，与他合影留念，还送给他一个银质烟盒。接着他就奔赴新的官场任职了。

伊万·伊里奇担任法院预审官期间，他像担任特派专员的时候一样comme il faut^②、彬彬有礼、秉公执法，由此获得了普遍的敬重。预审官职位本身和原来的职务相比，更让他感兴趣，也更吸引人。在担任原来的职务时，他总是穿着在沙默尔那儿定做的制服，镇定自若地走过唯唯诺诺恭候接见的访客，

---

① 法语：年少轻狂。
② 法语：正直，正派。

走过对他羡慕不已的官员身边，径直进入上司的办公室和他饮茶抽烟——这些都不错，可是他真正能够指使的人员毕竟很少。就是在他接受委派去巡视的时候，直接听命于他的也只有警察局长和分裂派教徒。他固然喜欢平易近人地，近乎和他们平起平坐地对待自己的下属，以使他们感觉到，他原本可以对他们颐指气使，却使用了平和谦卑的姿态来对待他们。然而，在那里这样的人毕竟太少了。现在担任了预审官，伊万·伊里奇感到，所有的人，无一例外地，包括那些最声名显赫、刚愎自用的人——他们全都在他的掌控之内。他只要在印有案由的公文上写上几笔，那些显赫的、自负的人就会作为被告或者证人被带到他这儿来，只要他不想让那个人坐下，那人就得站着回答他所有的问题。可是伊万·伊里奇从来也没有滥用权力，相反，他还尽力使这些权力温和地表达。但是，意识到对权力的掌控并软化它的表达，这本身就使他对新职务产生更多的兴趣，让他神往。在处理公务的时候，即预审工作过程中，他能够迅速撇开一切与公务无关的事务，并能够最大程度地简化错综复杂的案件，排除个人的观点，完全遵循规章制度。这是一项崭新的工程，而他成了在实践中制定一八六四年条例 ① 附件的开拓者之一。

来到一个新的城市担任预审官，伊万·伊里奇结识了新的

---

① 俄国为推动司法组织与诉讼制度改革于1864年颁布的《司法条例》，引入了诸多资产阶级诉讼原则与程序。

朋友，建立了新的关系，并且重新规范了自己的处世之道，行为举止上也有了一些变化。他与省里的领导保持着相当程度的距离，并甄选结交了一批该市法律界的名流和富有贵族，对于政府他抱有轻微的不满，保持自己温和的自由主义和通达明理的作风。与此同时，伊万·伊里奇丝毫没有改变自己装束打扮的优雅特色，同时又蓄起了胡须，听任它自由生长。

伊万·伊里奇在新城市的生活十分惬意：和那些与省长唱反调的人关系亲密，他的俸禄比以前更多了，而打惠斯特牌给生活增加了更多的乐趣。伊万·伊里奇在打牌上面极有天赋，他玩起牌来轻松愉快，反应灵敏，合理统筹，因此在牌场上无往不利。

新工作干了两年以后，伊万·伊里奇认识了自己未来的妻子。普拉斯科维娅·菲奥德洛芙娜·米赫尔是伊万·伊里奇经常出入的那个圈子里最妩媚、最聪明、最出众的姑娘。伊万·伊里奇在公务之余的休闲娱乐中与普拉斯科维娅·菲奥德洛芙娜建立起嬉笑打趣、轻松随意的关系。

伊万·伊里奇在做特派专员的时候经常跳舞，等到他做了预审官，跳舞就成为了一种例外情况。跳舞在他这里已经有了另一层意思，那就是：尽管我在新的部门供职，又是个五等文官，但是说到跳舞，我的确可以证明，在这方面没人能比得上我。所以，在晚会接近尾声时，他有时候也会和普拉斯科维娅·菲奥德洛芙娜一起跳舞，也正是借着这种优势，他在跳舞时征服了普拉斯科维娅·菲奥德洛芙娜的心。她爱上了他。伊万·伊里奇对结婚并没有明确的打算，但是有姑娘爱上了他，他不由向自己提出这个问题："是啊，为什么不结婚呢？"他扪心自问。

普拉斯科维娅·菲奥德洛芙娜来自名门望族，长得也不难看，还小有一笔资产。伊万·伊里奇本可以与更有名望的家庭结亲，不过这一个也算不错的了。伊万·伊里奇有自己的俸禄，他希望女方的资产也能达到这个数。她出身好，长得又迷人漂亮，举止也很端庄。与其说伊万·伊里奇娶她是因为自己爱上了她，并发现她认同自己的生活态度，倒不如说，他娶她是因为他们那个圈子的人对于这门亲事十分认同。伊万·伊里奇结婚出于两个方面的考虑：拥有这样一位妻子给他的生活带来了乐趣，与此同时，他的这个决定在上层人看来是正确的。

于是伊万·伊里奇结婚了。

结婚过程本身以及婚后生活的最初一段时间里——伴随着夫妻的恩爱、崭新的家具、崭新的餐具、崭新的床单被褥——一直到妻子怀孕前夕都进行得顺顺利利，以至于伊万·伊里奇开始想，结婚不仅没有破坏他以前轻松愉快、永远体面、为上层社会所赞许的生活特征——伊万·伊里奇认为这些特征是生活本身固有的——而且还加深了这种特征。可是没想到，在妻子怀孕的最初几个月，就出现了始料未及的、不尽如人意的、使人痛苦并且有失体面的新情况。这种情况是他所没有想到，也无法躲避的。

伊万·伊里奇感觉到，妻子每次都无缘无故，*de gaité de*

coeur①（就像他暗暗告诉自己的那样）开始把生活中的愉快和体面破坏殆尽：她没有来由地吃醋，要求他对她关怀备至，对一切都吹毛求疵，做一些蠢事使他难堪。

最初，伊万·伊里奇希望用原来那种轻松又体面地对待生活的态度来摆脱这种不快的处境。他尝试着无视妻子的情绪，继续按原来那种轻松愉快的方式生活：邀请朋友们到自己家里打牌，试着去俱乐部或者拜访朋友。可是有一次妻子竟然怒气冲冲地对丈夫破口大骂，这种责骂由一次发展到了每一次，只要他不能按照她的要求做。显然，她是下定了决心要把他整治得服服帖帖的，坐在家里像她那样闷闷不乐。一想到这些，伊万·伊里奇就胆战心惊。他明白了，夫妻生活——至少说和自己的妻子是这样——并不总是能够促进生活的愉悦和体面，相反，还常常会破坏它，因此有必要严加防范，以免受到伤害。于是伊万·伊里奇开始寻找防范的武器。公务是让普拉斯科维娅·菲奥德洛芙娜肃然起敬的一件事，于是伊万·伊里奇开始利用公务以及由此产生的责任和妻子斗争，借以保全自己那个独立的世界。

随着孩子的出生、喂养孩子的打算以及由此带来的不便，又加上孩子和母亲几场真假莫辨的生病，伊万·伊里奇不得不对此做出反应，但是他对于疾病本身并没有多少经验，也就没法理解。这样，保护自己家庭之外的小天地对于伊万·伊里奇

---

① 法语：任性地。

来说，就更加迫切了。

当妻子变得越来越暴躁易怒、刻薄刁钻，伊万·伊里奇也越来越多地将自己沉重生活的中心转移到公务上。于是他更加热爱公务，也比以前更加热衷于功名利禄。

很快，结婚还不到一年的时间，伊万·伊里奇就弄明白了，婚姻生活看似给生活增加了些许方便，实质上是一件极其复杂和难缠的事务，如果想要尽到自己的义务，也即过上体面的、为社会所赞许的生活，还需要像处理公务那样，制定某些规则。

伊万·伊里奇也正是这样，为自己制定了一套夫妻生活的准则。他只想从家庭生活里得到那些方便之处——饭食、女主人的照料、床铺，这些都是家庭生活所能给予的，最主要的是，他需要那种社会习俗所确立的，家庭生活外部形式上的体面。除这些之外，他还希望找到轻松自在，如果能够找到他会感激不尽；如果恰好碰到的是反抗和不满，那他就会转到自己独立的、与家庭隔绝的公务世界，从那里寻找轻松自在。

伊万·伊里奇得到上司的器重，三年之后被提升为副检察官。新的职务、官职的重要性，它所带来的提审任何人、把所有人关进大牢、公开演讲的机会，以及在演讲中获得的成功，这些都使他更加沉湎于公务之中。

孩子一个个出世了，而妻子也一天天变得爱唠叨、易发怒，但是伊万·伊里奇坚守自己制定的准则，妻子的唠叨根本穿不破他的坚固壁垒。

伊万·伊里奇在这个城市任职七年之后，又被调到另一个省担任检察官。他们搬了家，钱也没有剩余多少，妻子又不喜欢他们搬来的新地方。尽管俸禄是比原来多了，但是开支却更高了。再加上夭折了两个孩子，家庭生活对于伊万·伊里奇来说越来越不顺心了。

普拉斯科维娅·菲奥德洛芙娜把在新地方生活的所有不快都归罪于自己的丈夫。夫妻两人讨论的大多数话题，尤其是关于孩子的教育问题，常常会重新引发对于以往引起舌战的各种问题的追溯，这样的争吵随时都有可能爆发。夫妻相亲相爱的时候很少，并且持续的时间也不长。这就像两个人暂时停泊的小岛，紧接着他们又重新驶入互相敌视、彼此疏远的海洋。倘若伊万·伊里奇觉得疏远是不应该存在的，那么彼此间的疏远还有可能使他痛心，可是现在他开始承认，这种状态不仅是正常的，甚至还是他在家庭中追求的目标。他的目标就是把自己越来越多地从不愉快中解脱出来，并赋予这些不愉快无害的、体面的特点。他也正是通过越来越少地待在家里，一步步达到这一目标。到了不得不在家里停留的时候，他就尽量确保外人在场，以保证自己先前的状态。最主要的是，伊万·伊里奇有自己的公务。他生活的所有乐趣都集中到了公务世界里。这种乐趣已经完全吞没了他。意识到自己的权力，可以除掉任何他想除掉的人，自己职位的重要性，甚至只是进入法庭和接见下属时那种表面上的霸气，自己在领导和下属间的成功相处，还有最主要的，他所体验到的自己在处理公务上的才能——所有这些都让他欢欣鼓舞，再加上和同事间的谈话、聚餐以及打惠斯特牌，上述种种填满了他的生活。因此，伊万·伊里奇的生活总的来说在继续。就像他认为的那样，生活应该继续，愉快而体面地继续下去。

他又这样过了七年。大女儿已经十六岁了，又有一个孩子夭折，只剩下了一个男孩在读中学，他也成了父母争吵的对象。伊万·伊里奇想把他送到法律学校，可是普拉斯科维娅·菲奥德洛芙娜偏和他作对，让孩子读了中学。女儿在家里读书，学得不错，男孩的成绩也很好。

三

伊万·伊里奇结婚后十七年就这么过来了。他已经是一个老检察官了，拒绝了几次升迁的机会，他盼着获得一个更理想的职位，可是就在这时发生了一件不愉快的事，完全打破了他原来的平静生活。伊万·伊里奇盼望着在大学城担任首席法官的职位，可是霍别不知怎么先他一步，得到了这个职位。伊万·伊里奇勃然大怒，开始责难他，和他发生了口角，又和自己的顶头上司发生了争执。上司便开始对他冷淡了，以致在下一次任命中他再次落榜。

这一年是一八八〇年。对于伊万·伊里奇来说，这一年的生活最为艰难。一方面，这一年的俸禄不足以维持生活；另一方面，似乎大家都把他给忘了，这对他来说太残忍，太不公平了，而其他人却觉得这是再平常不过的事了。就连父亲也不觉得拉他一把是自己应尽的义务。他觉得，所有人都抛弃了他，他们认为他每年三千五百卢布的俸禄十分正常，甚至是很幸福的。只有他一个人知道，他意识到了自己所遭遇的不公平，妻子又不停地抱怨和唠叨，他也开始入不敷出，债台高筑。只有他一个人知道，他现在的处境是非常不正常的。

这一年夏天，为了缓解经济上的压力，他请了假，和妻子一道去乡下普拉斯科维娅·菲奥德洛芙娜的哥哥家消夏。

在乡下，由于没有公务要处理，伊万·伊里奇头一次感受到了不只是无聊，还有难以忍受的苦闷。于是他决定，不能这样生活下去了，必须采取一些措施。

伊万·伊里奇在凉台上来回踱步，彻夜未眠。他决定到圣彼得堡奔走一番，一定要惩罚一下那些不懂得赏识他，把他派往其他部门的无知领导。

第二天，他不顾妻子和内兄的劝阻，直奔圣彼得堡去了。

他此行的目的只有一个：求得一个年薪五千卢布的职位。他已经不再纠结于在什么样的部门、什么样的系统或者从事什么样的工作了。他只需要一个职位，这个职位能够给他提供五千卢布的年薪，至于这个职位是在政府部门，还是在银行，还是在铁路部门，抑或是玛丽娅皇后手下的机关，甚至是海关，都没有关系。重要的是年薪一定要达到五千卢布，重要的是一定要离开那个让他怀才不遇的部门。

这次圣彼得堡之行给伊万·伊里奇带来了意想不到的成功。在库尔斯克，他的一个熟人伊利英登上了头等车厢，告知他库尔斯克省长刚收到一封电报，部里近日将发生大的人员更迭：彼得·伊万诺维奇的职位将由伊万·谢苗诺维奇取代。

这一正在拟定中的人事更迭，除了对于俄罗斯的意义之外，对于伊万·伊里奇尤其具有重大意义。因为这次要启用一位新人——彼得·彼得罗维奇，显然，他的朋友扎哈尔·伊万诺维奇也将受到重用。这一更迭对于伊万·伊里奇来说十分有利，因为扎哈尔·伊万诺维奇和伊万·伊里奇曾经是同窗好友。

这一消息在莫斯科得到了证实。伊万·伊里奇到达圣彼得堡之后，找到了扎哈尔·伊万诺维奇，后者答应他，一定在原来供职的司法部给他谋一个职位。

一周之后，他给妻子发电报：

"扎哈尔接任米勒职位，我在首次官报中告捷。"

靠着这次人员调动，伊万·伊里奇意外地在他过去供职的部里获得任命，从而比原来的同僚高出两级：他获得了五千卢布的俸禄和三千五百卢布的调任费。所有对旧日敌人的仇恨和对整个部的怨恨霎时抛却脑后，伊万·伊里奇春风满面，幸福极了。

伊万·伊里奇怡然自得地回到了农村，他已经很久没有这么畅快。普拉斯科维娅·菲奥德洛芙娜也笑逐颜开，他们又签署了友好公约。伊万·伊里奇侃侃而谈，讲述着在圣彼得堡大家如何向他祝贺，那些曾经的对手怎样颜面尽失，在他面前又是怎样卑躬屈膝。他还特别讲到，在圣彼得堡大家是多么爱他。

普拉斯科维娅·菲奥德洛芙娜听完他的话，做出一副相信他的样子，没有和他抬杠，只是在心里盘算着，到了新地方该怎么重新安排生活。伊万·伊里奇高兴地看到，她的计划也正是他的计划，他们这次不谋而合，曾经受到阻挠的生活又将再次呈现它本身具有的愉快和体面。

伊万·伊里奇这次回来不会待太长时间。九月十日他就要前去上任，另外，还要腾出时间在新地方布置一下，把所有的东西从省里运走，还要购置一些其他的物件。总之，要把新家布置成他心里打算的那样，也几乎可以说，布置成普拉斯科维娅·菲奥德洛芙娜心里打算的那样。

所以说现在，所有的一切都安排得顺顺利利，他和妻子也心往一处想了。虽然他们住在一起的时间很少，但是那么情投意合，就是在刚结婚那阵子也没有这么和睦过。伊万·伊里奇准备立即携家眷前去赴任，但是他的妹妹和妹夫——他们对伊万·伊里奇和他的家人突然殷勤和亲热了——坚持要留他们多住些日子。伊万·伊里奇只好自己先去赴任。

伊万·伊里奇走了，而官场得意和情场称心相互促进在心中产生的惬意却没有离开他。他找到一栋心仪的住宅，妻子所梦寐以求的也正是这样的房子。客厅风格古典、宽敞高大，书房舒适雅致，还有妻子和女儿的卧室，儿子的学习室，一切像是特意为他们设计好的。伊万·伊里奇着手装修，他挑选了壁纸，购置了家具，尤其是旧式家具，他觉得旧式家具有一种典雅的风格。他还买了沙发套和椅套，房间里的东西越来越多，渐渐和他的理想中的状态接近了。当他布置到一半的时候，他的布置就超出了他的预想。他已经能够想象，当一切都布置好的时候，整个房间将呈现出典雅、精致、脱俗的景象。快要睡着时，他还在幻想着新客厅的样子。他瞧着还没有完工的客厅，眼前已经浮现出壁炉、隔热板、格子架、随处摆放的椅子和墙上挂着的盘子、碟子以及青铜摆件布置就绪的场景。一想到自己将会使帕莎和丽珊卡① 大吃一惊——她们在这方面和他有同样的审美趣味——他就忍不住暗暗得意。她们无论如何也想不到他会这么善解人意。特别是，他能够找到并低价买进一批古董，这些古董给房间古色古香的气质增色不少。他在写给她们的信中，故意把装修的情况描写得比实际情况糟糕，好让她们到时候大吃一惊。这些东西在他心里占据了重要的位置，以至于他一直热衷的新职务和这个相比失色了不少，这大出他的意料。在开庭的时候他竟然走神了几分钟，他寻思着窗帘应该配什么样的窗帘架，是直的呢，还是拱形的？他乐此不疲，常常埋头于此，甚至重新摆放家具，重新悬挂窗帘。有一次，他爬上了小梯子，想要给不理解他意思的装裱匠解释清楚，自己想要如何悬挂窗帘。没想到一失足，他摔了下来。幸好他身体强壮，反应敏捷，他站住了，只是肋骨撞到了扶手上。碰伤的地方疼了一阵子，很快就消失了——伊万·伊里奇感觉自己这段时间特别顺利，也十分健康。他在信里写道：我觉得自己一下子年轻了十五岁。他本打算九月底装修完，可是一直拖到了十月的中旬，但是新房子真的是富丽堂皇——不仅他自己这样说，所有看了房子的人也都这么对他说。

---

① 帕莎是普拉斯科维娅的小名，丽珊卡是伊万·伊里奇女儿的昵称。

事实上，所有不太富有又想摆阔的人装修出来的房子只会彼此相似：花缎、黑檀木、盆景、地毯以及青铜摆件，所有这些物件表面暗淡又闪闪发光，这是那些上层名流为了模仿上层名流的格调而做出的布置。他的装修自然是未出窠臼，以至于甚至没有任何引人注目的地方。可是他自己却觉得别出心裁。他从火车站接了自己的家人，把他们领进布置一新的宅院，打着白领结的仆人为他们打开通往饰有鲜花的前厅的门，接着他们走进客厅和书房，兴奋地不停赞叹。他那个时候感到无限的幸福，领着他们到处参观，聆听着他们的赞美，高兴得红光满面。这天晚上喝茶的时候，普拉斯科维娅·菲奥德洛芙娜不经意地问起，他是怎么摔倒的。他笑了起来，接着又给他们表演自己是怎么从梯子上跌落下来，把装裱匠吓了一跳的。

"多亏了我学过体操，换作别人肯定会给摔死；而我只是这儿碰了一下，摸起来会疼，现在也不疼了，只有一小块瘀青。"

就这样，他们就在新住宅里住下了。就像一般的情况那样，当人们在一个地方顺利定居后，老觉得什么都好，就是缺少一个房间。现在收入增加了，像以往那样，他们又总觉得少了一点儿，再有五百卢布就好了。一切都还不错，最开始的时候尤其顺心，那个时候一切还没有完全固定，一切还有待建立：不是要去采购，就是需要定做，有时候要重新摆放，还有时候要稍微调整。即使夫妻之间还有些意见不能统一，但由于两个人都比较满意，加之要做的事情太多，因此没有发生太大的争执。等到已经没有什么可以布置的时候，生活变得有一点儿无聊，但是他们这个时候又结识了新的朋友，也形成了新的习惯，生活也就充实起来。

伊万·伊里奇上午在法院办理公务，回家吃午饭。在最初的阶段，他的心情不错，尽管因为新居的事情稍感痛惜。（每当桌布和椅子套上出现污点，或者窗帘上的绳子被扯断了，他都十分恼火：要知道他为了布置房间费了多少心血啊，看到房间有任何的污损怎么会让他不痛心呢。）不过总的来说，伊万·伊里奇的生活正是按照自己的信仰进行着：轻松愉快，不失体面。他九点起床，喝点咖啡，读了报纸，然后穿上制服去法院。在那里，他对一切规则已经熟稔于心，立刻就能开堂审理。上诉人，办公室查询，办公室本身，开庭——公审和预审。在处理这些工作时，必须要善于排除那些影响公事进行的俗事：除了公事关系之外，不能和人们有任何私人关系。譬如，来了一个人，想打听一些事情。这不在伊万·伊里奇的职权范围之内，因此他就不能和这个人发生任何关系。但是，如果这个人和审判厅的委员有关系，并且不是一般的关系，这种关系可以书写到照章办事的公文上——在这种关系的范围内，伊万·伊里奇就会尽其所能，并且在办事的时候奉行人际关系的友好原则，谦恭有礼。当公事办完之后，其他的一切关系也就随之结束。伊万·伊里奇已经能够十分娴熟地处理公私之间的分别，并且凭借长期的经验和卓越的才识，他可以游刃有余地完成公务。偶尔，仿佛出于恶作剧，他也会将公务和私事混淆一下。他之所以敢这样做，是深信自己能力过强，一旦需要，完全可以轻松地恢复到铁面无私的状态。这件事伊万·伊里奇做起来不仅轻松愉快，不失体面，而且可以说是手到擒来，技艺纯熟。在公务的间隙，他抽支烟，喝点茶，和别人谈一谈政治，谈谈公共问题，谈一谈打牌的事情，谈论最多的则是任命。最后，他一身疲惫，心里却感觉像一个优秀的演奏家，像一个乐队中的首席小提琴手，把自己的音部从始至终演奏完毕，回到自己的家中。家里，母女俩要么是出门拜客，要么是有什么人来家中做客；儿子或者去了学校，或者在家里跟着家庭教师预习功课。一切都很好。午饭后如果没有客人，伊万·伊里奇有时候会读读大家整天谈论的那些书，晚上坐下来办公，批阅公文，对照法律。他既不感到乏味，也不会感觉到愉快。如果可以玩文特牌，这些工作就变得枯燥乏味了，但是如果没人玩牌，这总要好过一个人坐着，或者是和妻子待在一起。伊万·伊里奇的乐趣是邀请一些上流社会的宾朋，他和这些人消磨时间的办法一样（就像他们家里的客厅互相模仿一样），同他们一起休闲娱乐。

有一次他们家还举办了一场晚会，大家一起跳舞。伊万·伊里奇过得很开心，一切也都很好，只是因为蛋糕和糖果的事情，他和妻子发生了很大的争执：普拉斯科维娅·菲奥德洛芙娜想照自己的计划办，而伊万·伊里奇则坚持到一家价格昂贵的商店购买糕点。他买了很多的蛋糕，结果蛋糕剩下了，而食品店老板的账单上显示，总花费为四十五卢布。为这件事两个人吵了起来，吵得很凶，很不愉快，普拉斯科维娅·菲奥德洛芙娜甚至骂他是"笨蛋，窝囊废"。他抱住了自己的脑袋，一气之下竟然提出了离婚。但是晚会本身是相当愉快的，上流社会宾客云集，伊万·伊里奇还和特鲁夫诺娃公爵夫人跳了个舞，她的姐姐就是那位因创办了"消愁解忧"社团而出名的交际花。做官的乐趣是一种自尊心得到满足的乐趣，而交际场中的乐趣是一种虚荣心得到满足的乐趣，但是伊万·伊里奇真正的乐趣还是在玩文特牌上面。他不得不承认，在经历了一切，经历了生活中的不愉快之后，他的乐趣就是坐下来和趣味相投的朋友、斯文有礼的搭档一起打文特——这种乐趣就像蜡烛，照亮了所有的痛苦和不快——并且一定是要四个人一起玩（五个人在一起就不好玩了，虽然你会装作自己很开心的样子），一定要认认真真地玩，出牌的时候要动脑筋。打完牌大家共进晚餐，喝一杯葡萄酒。打完文特，尤其是在稍微赢了一点小钱（赢多了就没意思了）之后再躺下睡觉，伊万·伊里奇会感觉格外舒畅。

他们就这样生活着。他们家结交的朋友都来自最上层的圈子，那些身份显赫的人和年轻人也常常光顾。

在应该结交什么样的人这一问题上，丈夫、妻子和女儿的观点完全一致，他们不约而同地表明，要把各种朋友、亲戚和邋遢鬼们拒之门外，这些人总是贸然闯进他们挂着日本盘子的客厅，对他们献殷勤。很快，这样的邋遢鬼朋友就不再登门了，戈罗温家里全都是上流社会最优秀的宾客。一些年轻人追求丽珊卡，其中有一位是德米特里·伊万诺维奇·彼得里谢夫的儿子，他的财产继承人，现在是法院的预审官。伊万·伊里奇于是和普拉斯科维娅·菲奥德洛芙娜商量，既然他对丽莎有意，不如让他俩一起乘车出游，或者组织一场演出。他们就这样生活着。一切都没有发生改变，一切都很好。

四

大家的身体都很健康。尽管伊万·伊里奇有时候会抱怨嘴里有异味，腹部左侧有点儿不舒服，但这也谈不上不健康。

但是后来，不适感却逐渐增加，虽然还没有发展到疼痛，但是他能够感觉到肋骨部位有沉重感，心情也很糟糕。这种糟糕的心情一点点加剧，把戈罗温家里刚建立起来的轻松、体面的生活愉悦感给破坏掉了。丈夫和妻子之间的争吵越来越频繁，不光轻松和愉快消失殆尽，连基本的体面也难以维系了。口角越来越多，又只剩下一些小岛了，丈夫和妻子能够没有分歧、达成一致的岛屿已经很少。

现在普拉斯科维娅·菲奥德洛芙娜已经可以证据十足地说，她的丈夫性格古怪。她向来喜欢夸大事实，她说他一直都是这种人，性格坏成那样，若非她脾气好能忍耐，其他人谁也忍受不了他二十年如一日的坏脾气。现在每次吵架都是他先挑起来的，这话确实不假。每次快要吃饭的时候，而且经常是他开始吃饭，正在喝汤的时候，他就开始找茬了。要么是他发现，有些餐具损坏了，要么是吃的东西不对味儿，要么是儿子把胳膊肘放到了桌子上，要么就是女儿的发型不合他的心意。

他把这一切都归结到普拉斯科维娅·菲奥德洛芙娜头上。普拉斯科维娅·菲奥德洛芙娜一开始还反唇相讥，惹得他不高兴，但是当他好几次在吃饭的时候都故意找茬，她终于明白，这是食物引起了他的病态反应，她也努力说服自己迁就他。她于是不再提出异议，只是让大家赶紧吃饭。普拉斯科维娅·菲奥德洛芙娜把自己的这种宽容看成是伟大的美德。当她终于看清自己的丈夫性格古怪，给她的生活造成了不幸，于是她开始怜悯自己。她越是怜悯自己，也就越憎恨自己的丈夫。她开始盼望着他死去，但是又不能这样盼望，因为真是那样的话就没有俸禄了。这又进一步地加深了她对他的怨恨。她认为自己太不幸了，不幸到连他的死亡也不能拯救她。她十分恼怒，却又隐忍着，而这隐忍的恼怒又加剧了他的恼怒。

有一次，由于伊万·伊里奇极端地不讲理，他们又发生了一次口角。这次口角之后，他解释说，自己确实有些易怒，但这都是因为生病。她告诉他，既然他有病，就应该去治疗，她还一再要求他去一位名医那里问诊。

于是他就去了。一切都如他所料，一切都同往常的情形一样。让病人等候，摆架子，这是医生的臭毛病，他也都了解，这就像他在法院一样。这儿敲敲，那儿听听，问一些问题，而病人的回答他已经明确，也要多此一举，摆出一副意味深长的样子，那架势好像在说，您既然落到了我们的手里，那可就要听我们的安排。至于怎么来安排，我们心中有数，确定无疑。我们不管对待什么样的人，都能用一种方式给安顿好。这一切和法院里没什么两样，他在法庭上如何对被告装模作样，这位名医也就如何对他装模作样。

医生说，如此这般的情况显示，您体内有如此这般的疾病；如果经化验证实不符合上述推测，那么就可以假定您有那样的疾病。倘若您患有那样的疾病，那么……类似种种。伊万·伊里奇认为，最重要的只有一个问题：他的病情严不严重？但是医生却对这个不合时宜的问题不予理睬。在医生看来，这个问题是无聊的，不值得讨论；当务之急应该做的只是估计各种可能性：是游走肾呢，还是慢性黏膜炎，抑或是盲肠炎？不存在伊万·伊里奇生命是否受到威胁的问题，只存在是游走肾还是盲肠炎这一争论。伊万·伊里奇亲眼看着，医生把这一争论朝着盲肠的方向解决，他只做了一点儿保留：如果尿液检查能够提供新的证据，该案件将重新审理。这就像伊万·伊里奇曾经千百次冠冕堂皇地对被告所做的那样。现在，医生也同样冠冕堂皇地做出了自己的诊断，他甚至还得意地从眼镜上方瞥了一眼被告。伊万·伊里奇从医生的诊断中得出结论：情况不大好，可是他，医生，或许还有其他的所有人，都觉得无所谓，只有他的情况不大好。这个结论使伊万·伊里奇感觉十分震惊，他在心里对自己十分怜悯，同时对于医生面对如此重要的问题竟然如此漠然，他忍不住出离愤怒。

可是他什么也没有说。他只是站起身，把钱放到了桌子上，叹了口气，说道：

"我们病人或许经常会问您这样不合适的问题，"他说，

"简要地说，我这病严重不严重？……"

医生用一只眼睛透过镜片盯着他，好像在说："被告，如果您不能在向您提出的问题范围内止步，本官将不得不下令将您逐出法庭。"

"我想，该说的我都已经说过了。"医生说，"进一步的情况还需要看化验的结果。"说着他向他点了点头，看起来没话可说了。

伊万·伊里奇缓慢地挪着步子出来，沮丧地坐上雪橇回家了。一路上他反复琢磨医生说过的话，努力地要把这些云遮雾绕的科学术语转化成普通人说的话，以便从中找到问题的答案：情况不大好——是说我的情况已经非常不好了呢，还是说暂时还没有大碍？他觉得，医生说过的那些话指的就是，他的情况已经非常不好了。路上的一切在伊万·伊里奇看来都是凄凉的。街上的出租马车是凄凉的，房屋是凄凉的，路人、店铺也都是凄凉的。这种淡淡的，时隐时现，却又一分钟也没有停止的疼痛与医生的含混不清的话联系在一起，获得了另一种更为严重的意义。现在，伊万·伊里奇以一种新的沉重的心情谛听着自己的痛苦。

他回到家就开始向妻子描述求医的经过。妻子一直听他讲着，但是讲到一半的时候，女儿戴着顶帽子走了进来——她准备和母亲一起出门。进来后，她耐着性子坐下来，听这些无聊的话。可是时间长了，她也受不了了，于是母亲也没有听完。

"嗯，我很高兴医生做了诊断，"妻子说，"现在，你可别忘了按时服药了。把药方给我，我这就叫盖拉西姆去药铺抓药。"说完她转身去换衣服了。

妻子还在房间的时候，他忍住没有生气。等她走了，他长长地叹了一口气。

"会怎么样呢，"他自言自语，"可能真的还没有大碍。"

于是他按照医生的嘱咐开始服药，而医生的嘱咐也因为尿液化验有了结果而做了相应的变化。但是正好这个时候又出现了些情况，这次化验和紧接着要做的化验中间出现了一些差错。这事情不能怪医生，问题是医生所说的那种情况并没有出现。或许是他忘记了，或许是他撒了谎，或许是他对他隐瞒了什么。

但是伊万·伊里奇还是认认真真地遵照医嘱服药，并且，他在自己认真执行医嘱的初期，还从中找到了一种安慰。

自从那次拜访过医生后，伊万·伊里奇把认真执行有关注意卫生和服药的医嘱、密切关注自己的病痛和机体的发展趋势当作主要任务。人们的病痛和健康成为伊万·伊里奇的主要兴趣点。当别人在他面前谈论起病人，谈到死者，谈到生病康复的人，特别是谈到那种和他的症状相似的疾病，他总是极力掩饰自己的激动，仔细倾听，反复询问，并且把听到的东西和自己的病相联系。

疼痛没有丝毫减轻，但是伊万·伊里奇却费尽心思地迫使自己相信，病情正在好转。当没有什么使他烦躁不安的时候，他是能够欺骗自己的，但是一旦和妻子发生了不愉快，公务上不顺心，打文特时发牌不利，他就立刻会感觉到自己已经病入膏肓。过去他遇到不顺心的事情，总是会平心静气地等待不顺心的事情马上过去，他会奋发图强，获得更大的胜利。可是现在任何的不顺心都能挫伤他，让他陷入绝望。他心里想着：我这才刚有好转，药刚刚起效，又遇到这可恶的不幸、不愉快……于是他开始仇恨不幸，仇恨那些存心跟他过不去、非要置他于死地的人。他能感觉到这种仇恨正吞噬着他，可是他却欲罢不能。看来，他自己应该明白，他的这种对人和事的仇恨只会加剧自己的病情。因此他应该不去理睬那些不愉快的琐事，但是他的做法却完全违背了自己的想法：他说了自己应该淡定，应该关注破坏这种淡定的一切，可是一注意到这种淡定遭到破坏，他就忍不住大动肝火。他读了一些医学类的书籍，并经常向医生求证，这又进一步使他的病情恶化。但是这种恶化是循序渐进的，以至于他比较一下当天和前一天的情况，几乎没有什么差别，这也就使他能够继续欺骗自己。可是当他向医生求证时，他又觉得自己的病情正在恶化，甚至恶化的速度还非常快。尽管如此，他还是会经常向医生求证。

这个月他去拜访另一位著名的医生。那位名医说的话几乎和原来那个一模一样，只是提问题的方式不同罢了。向这位名医咨询更加重了伊万·伊里奇的怀疑和恐惧。还有一位医生是他朋友的朋友，人很好，可是做出的诊断结果完全是另一种。尽管他许诺一定能治好他的病，可是他提出的问题和所做的诊断却使伊万·伊里奇更加莫衷一是，他已经失去判断了。一位顺势疗法医师又给出了一种诊断结果，并且开了药。伊万·伊里奇悄悄地瞒着大家，把这种药服了一个星期左右，但是一周之后并没有感觉减轻，他对于以往的治疗和这次治疗都失去了信心，更加心灰意冷了。有一次，一位相识的太太讲到求神祷告能治病，伊万·伊里奇发现自己正一字不落地聆听着，对她的话深信不疑。这一情形使他心中恐惧："难道我已经鬼迷心窍到这个地步了？"他心里想着，"扯淡！不就是一个小病嘛。我应该认定一个医生，严格按照他的吩咐接受治疗。我就要这么办。现在就此打住，不要再想了。认认真真地接受治疗，直到夏天。到时候就能知道结果了。现在就要结束这些犹豫和动摇！……"这些话说起来容易，可是没办法真正落到实处。肋骨部位的疼痛一直在折磨他，好像一直在加重，变得越来越频繁。嘴里的异味越来越强烈，他觉得好像是自己嘴里的某个部位正在散发着令人恶心的味道，他的食欲和体力也越来越差了。这是没办法欺骗自己的：一件可怕的、新的、比以往生命中任何东西都更意义重大的事情，在伊万·伊里奇身上发生了。只有他一个人意识到了这一点，周围的所有人，要么是不清楚，要么是不想清楚，他们觉得，世上的一切还是老样子。这一点尤其使伊万·伊里奇痛苦。家里人——主要是妻子和女儿——正忙着拜访客人，他看得出，他们什么都不知道，还怪他老是闷闷不乐，颐指气使，好像是他在这件事上犯了错误。虽然他们在尽力掩饰这一点，可是他明白，是自己妨碍了他们。但是妻子对于他的病也有自己的一套对策，不管他说什么，做什么，她都会恪守这套对策。这套对策是这样的：

"你们都知道，"她对那些熟人们说，"伊万·伊里奇像所有的善良的人那样，总是不能做到严格遵照医嘱。今天他按照医嘱服药，注意饮食，按时就寝；明天我只要一疏忽，他就突然忘了吃药，还吃起了鲟鱼（医生不让他吃鲟鱼），并且会坐下来打文特，一直打到一点钟。"

"唉，这是哪辈子的事啊？"伊万·伊里奇不无愤怒地说，"就只在彼得·伊万诺维奇那儿有过一次啊。"

"那昨天和舍别克呢？"

"反正我也疼得睡不着觉……"

"不管怎么说，反正你只要还这样，什么时候也好不了，我们也跟着你受罪。"

普拉斯科维娅·菲奥德洛芙娜在表面上对待他的态度，从她对别人和对他说出的这些话就可以看出来，即害这个病都是伊万·伊里奇的错，整个疾病就是他对妻子所做的新的令人不愉快事情。伊万·伊里奇感到，她完全是无意之中表达出了这样的态度，可是这并没有让他觉得舒服一点。

在法院，伊万·伊里奇留意到，或者说他觉得自己留意到了，别人以同样的态度对待他：一会儿他觉得别人在看他，就像在看一个马上就要腾出地方的人；一会儿他的那些朋友又突然开始友好地嘲笑他杯弓蛇影，好像他身体里的那个可怕的、恐怖的、闻所未闻的病魔在不断地折磨他，而且要强行把他带到某个地方，这恰恰给他们的嘲笑增加了素材。尤其是施瓦茨，他的玩世不恭、活力充沛和仪表堂堂都让他想到自己十年前的模样，这使他十分恼火。

朋友们常常聚齐在一起打牌，就座。发牌，洗牌，红方块加红方块，一共七张牌。他的搭档说："缺王牌。"于是他给了他两张红方块二。还能有什么呢？他喜笑颜开，这一局有可能大满贯。可是突然伊万·伊里奇就感觉到隐隐的疼痛，以及嘴里的味道，他立刻觉得自己真是疯了，这个时候居然还能为赢得一场牌局而开心。

他瞧着自己的搭档米哈伊尔·米哈伊洛维奇，只见他用灵活的手拍着桌子，然后彬彬有礼又慨然大度地放下输掉的牌，然后把它们推到伊万·伊里奇旁边，好让他轻而易举地把牌收起来，不用伸出手去够到它们。"他想什么呢？难道我就那么虚弱，连远远地伸出自己的手都办不到吗？"伊万·伊里奇这样想着，把他的王牌忘了，多出了一次王牌，结果打的是自己的牌。他以三分之差输掉了原本预想中的大满贯，而最可怕的是当他看到，米哈伊尔·米哈伊洛维奇难受极了，自己却觉得无所谓。为什么自己会无所谓呢，想起来他就觉得恐怖。

大家看到他不舒服，就对他说："要是您觉得累了，我们就不打了。您去休息一下吧。"休息？不，他一点也不累，他们打完了这一局。所有人都闷闷不乐，默不作声。伊万·伊里奇觉得，是他把这种闷闷不乐传给了他们，他怎么也不能把它驱散掉。他们吃完晚饭就各回各家了，伊万·伊里奇一个人孤独地沉思，他的生活中了毒，还把别人的生活毒化了。这种毒素没有减弱，反倒一天天浸透到了他的整个生命中。

这样的想法，再加上身体的疼痛和内心的恐惧，使他在本应该酣然入睡的时候却被疼痛折磨得大半夜睡不着。可是第二天早上，又要起床，更衣，上法院，说话，写字，要是不去法院，那就得一昼夜二十四个小时都窝在家里，时时刻刻忍受痛苦。他就这样生活在生死的边缘，孤零零地，没有一个人能理解他，同情他。

五

　　一两个月就这么过去了。快到新年的时候，他的内弟来到他们的城市，住在他们家。伊万·伊里奇当时正在法院，普拉斯科维娅·菲奥德洛芙娜出去买东西。他办完公务回来，走进书房的时候碰见了内弟。他的内弟精力充沛，正在自己打开箱子收拾东西。他听见脚步声便抬起头来，盯着伊万·伊里奇看了一秒钟，没有作声。这一瞥已经向伊万·伊里奇说明了一切。他的内弟张开了嘴，想要惊叹一声，又忍住了。这个动作更证实了他原先的猜测。

　　"怎么了，我有变化吗？"

　　"呃……是有点儿变化。"

　　在这之后，不管伊万·伊里奇怎么把话题转到自己的外貌上来，内弟都避而不答。普拉斯科维娅·菲奥德洛芙娜这个时候回来了，内弟就去找她。伊万·伊里奇锁上了门，对着镜子照了又照——先是正面看，继而是侧面。他拿出自己和妻子的合影，把照片中的自己和镜子里的对照——变化是巨大的。接着他又撸起袖子，瞧了瞧自己的胳膊，又把袖子放下来，坐到沙发上，脸变得比夜晚还阴沉。

"不行，不行。"他喃喃地说着，跳起来走到桌子前，打开文案开始审阅，可是他读不下去。他打开了门，向客厅走去。通往客厅的门是关着的，他蹑手蹑脚地走到门前，开始听客厅里面的对话。

"哪有啊，你别夸大其词了。"普拉斯科维娅·菲奥德洛芙娜说道。

"我哪儿夸张了？你没看到他已经是个快死的人了，你看看他的眼睛，暗淡无光的。他到底是怎么了？"

"谁也不知道。尼古拉耶夫大夫（这是另一位医生）说的是什么来着，我也听不懂。可是列谢季茨基（说的是那位名医）却和他诊断的完全相反……"

伊万·伊里奇走开了，回到自己的房间里，躺下来，开始想："肾，游走肾。"他回想起医生对他说的所有话，肾是如何脱落，又是如何游走的。他开始努力发挥自己的想象力，想要抓住这个肾，让它停下来，使它固定。他觉得，自己的要求并不算高吧。"不行，我还得再去找一下彼得·伊万诺维奇（这个是他的那个有医生朋友的朋友）。"他摇了摇铃铛，吩咐下人套了马车，准备出门。

"你去哪儿，Jean？"妻子问他，表情里带着特别的伤感和少有的和善。

正是这种少有的和善激怒了他。他郁郁地望着她。

"我要去彼得·伊万诺维奇那儿一趟。"

于是他坐车去了那位有医生朋友的朋友家。又和他一起去找医生。他见到他，和他聊了很长时间。

听完那位医生根据自己的观点，从解剖学和生理学的角度分析他体内发生的情况，他全都弄懂了。

盲肠里有那么一个小东西，一个小东西。这一切都是可以治愈的。只要加强一种器官的功能，减弱另一种器官的活动，就能促进吸收作用，一切就都被治愈了。他回家吃饭时有一点儿晚。吃饭的时候，他谈笑风生，但是很久都不能下决心回自己的房间工作。最终他来到书房，立刻就坐下来翻阅卷宗。他审阅案卷，工作着，但是一个念头总是挥之不去：他还有一件暂时搁置的重要事，完成公务后一定不能忘了处理。他完成公务后，才想起来，这件事就是对于盲肠的各种焦虑。但是他没有陷入这种焦虑中，而是起身去客厅喝茶。客厅里有客人，大家说话，弹琴，唱歌；那位法院预审官，女儿心仪的对象正坐在她旁边。在普拉斯科维娅·菲奥德洛芙娜看来，这天晚上，伊万·伊里奇过得比其他人都开心，但是他一分钟也没有忘记，自己还有一件暂时搁置的关于盲肠的事情没有处理。十一点钟的时候，他向大家告别，回到了自己的房间。自从患病以后，他开始一个人在书房旁边的小房间睡觉。他走进房间，脱掉外衣，拿起一本左拉的小说，但是他没有看书，而是在思索。他的脑海中又出现了自己所期望的盲肠的康复，它经过了吸收和分泌，又恢复了正常的活动。"没错，就应该是这样，"他自言自语，"不过应该帮助自然力完成这些。"他想起自己还没有吃药，于是支起身子，吃了药，仰面躺下，感受药物如何卓有成效地起作用，如何消灭疼痛。"不过应该适量服药，避免副作用。我现在感觉自己好了一点，好了太多了。"他开始抚摸肋骨部位，摸起来没有感到疼痛。"真的，我没有感觉，确实是大大见好了。"他吹灭了蜡烛，侧身躺下……盲肠正在康复，吸收。突然，他体验到熟悉的、久已存在的、隐隐约约的酸痛，这疼痛不依不饶，悄无声息却又力量强大。嘴里又出现了那种熟悉的令人恶心的怪味。他的心隐隐作痛，脑子里一片乱麻。"上帝啊，我的上帝啊！"他叫道，"又来了，又来了，永远也不能停止。"蓦地，他又发现了事情的另一个方面。"盲肠？肾？"他兀自说道，"问题不在于盲肠，也不在于肾，而是生和……死的问题。没错，有过生命，可是现在生命在溜走，溜走，我却没有办法留住它。真的，为什么要欺骗自己呢？除了我，大家谁不知道，我正走向死亡，问题仅仅在于还有多少星期，多少天——说不定现在就会死去。以前到处是光明，现在全是黑暗了。过去我在这儿，现在却要到那儿去了！到哪儿去呢？"他感觉到一阵寒冷，呼吸停住了。他只听得到心脏的跳动。

　　"我如果不在了，还能留下什么呢？什么也不会存在了。那么如果我不在了，我会是在哪里？难道是死亡吗？不，我不想死。"他跳起来，想要点蜡烛，颤抖的手四处摸索着，把蜡烛和烛台都碰倒在了地板上。他于是又往后一倒，躺在了枕头上。"何必呢？总归是一样的。"他睁大眼睛望着黑暗，自言自语地说。"死亡。是的，死亡。他们谁也不知道，谁也不愿意知道，谁也不会可怜我。他们在玩牌。（他听见了远远的，从门缝里传来的歌声和伴奏声。）他们无所谓，可是他们也会死的。这群傻瓜，我先死，他们后死。他们会和我一样的。可是他们却在那儿欢歌笑语，畜生！"凶残使他窒息。他开始觉得痛苦，无法承受的压抑。总不能所有人都会命中注定承受这种可怕的恐怖吧！他爬起来了。

"不管怎样不应该这样。应该静下心来，应该把这一切从头到尾仔细考虑一遍。"于是他开始认真思索这件事。"是的，先说生病的初期。肋部碰了一下，我没有多大变化，今天这样，明天还是这样。有点儿酸痛，后来疼得厉害了，然后是看医生，然后是沮丧、忧愁，又是看医生。我是在一步步走向深渊的，越来越没有力气，离深渊越走越近。我奄奄一息，两眼无光。这已经死到临头了，我还在想什么盲肠的问题。想着如何恢复盲肠的功能，其实已经离死不远了。难道真是死亡来临了吗？"他又一次感到恐惧，他气喘吁吁，弓下腰去摸火柴，可是胳膊肘碰到了床头柜上。柜子扰乱了他，把他碰得生疼。他怒火中烧，用力推了一把柜子。他在绝望中喘着气，仰面躺下，等待着死亡的来临。

这个时候，客人一个个要告辞了，普拉斯科维娅·菲奥德洛芙娜送他们出门。她听到有摔东西的声音，便进来了。

"你怎么啦？"

"没事，无意中碰倒的。"

她出去了，回来时带着蜡烛。他躺在那儿，又沉重又急促地喘着气，就像一个跑完了一俄里①的人，目光呆滞，定定地望着她。

"你怎么了，Jean？"

"没……什么，碰……倒……了。""有什么好说的呢，她是不会明白的。"他这样想着。

她确实是不明白。她捡起蜡烛，为他点亮，就匆匆忙忙地走开了：她还要送别一位女客人。

等她回来的时候，他还是那样仰面躺着，眼睛望着上方。

"你感觉怎么样，是不是病情严重了？"

"嗯。"

她摇了摇头，坐了一会儿。"你考虑一下，Jean，我想是不是应该把列谢季茨基请到家里来看看。"

她的意思就是说，要把那位名医请来，不吝惜钱。他苦笑了一下，说："不用了。"她又坐了一会儿，接着走到他跟前，吻了吻他的前额。

在她吻他的那一刻，他对她真是恨之入骨。他强忍着，才没有推开她。

"再见，上帝保佑你安睡。"

"好。"

---

① 1 俄里约等于 1066.8 米。

六

伊万·伊里奇知道，自己已经离死不远了，他经常处于绝望之中。

在内心深处，伊万·伊里奇明白自己快要死了，但是他不仅没办法习惯这个现实，而且他根本不明白，怎么也弄不明白这一点。

有一个三段法的例子，他是在基泽韦特①的《逻辑》中学到的：卡伊是人，人都会死，所以卡伊也会死。他觉得这个例子永远都是对的，但是这只是用在卡伊身上，而不是对他而言的。那个例子指的是卡伊这样的人，一般的人，因此是完全正确的；可是，他不是卡伊，也不是一般的人，他永远都是不同于其他所有人的、特殊的存在。他是万尼亚②，他先是和妈妈、爸爸、米加、瓦洛佳住在一起，整天由玩具、车夫和保姆陪着。后来是和卡坚卡在一起，经历了童年、少年和青年时期的

---

① 基泽韦特（1766—1819），德国哲学家，康德主义者。他所著的逻辑教科书的俄译本曾在沙俄学校中被广泛采用。

② 万尼亚是伊万的昵称。

快乐、痛苦、激动。难道卡伊也闻到过万尼亚那么喜欢闻的竖条纹皮球的气味吗？难道卡伊也像他那样吻母亲的手，难道卡伊也体验过母亲衣服的绸子的褶皱簌簌作响？难道他也在法律学校为了馅饼的事情大动干戈？难道卡伊也会那样开庭审理吗？

卡伊确实是要死的，他也应该死，但是对于我，对于万尼亚，对于伊万·伊里奇，这么有思想、有感情——对于我来说，就另当别论了。我也要死去，这不可能。这也太可怕了。

他心里就是这样想的。

"如果我也要像卡伊那样死去，那我是应当知道这件事的，我心里一定会有声音告诉我，可是我心里并没有这些感受；我和我所有的朋友都明白，这和卡伊的情况绝不一样。可是现在怎么成了这个样子！"他自言自语道，"不可能，不可能的事，可是却发生了，这是怎么回事？这是怎么回事呢？怎么理解呢？"

他无法理解，于是就努力驱除这个想法，把它当成虚妄的、不正确的、病态的思想，并且用其他的、正确的、健康的思想来挤走它们。但是这种思想——不只是思想，甚至好像就是现实——一再地出现，伫立在他面前。

他又一个接一个地唤出其他的想法来代替这种想法，希望能够从中寻找到支撑。他企图回到原来的思路上，那个思路曾经帮助他遮蔽过有关死亡的想法。但是奇怪的是，所有原来用来遮蔽、掩盖、消灭有关死的想法的一切，现在已经不能再起到作用了。最近，伊万·伊里奇的大部分时间都用来努力恢复先前的思路，那种思路帮助他遮蔽过死亡。他一会儿对自己说："我要去办公，因为以前我就是靠这个来生活的。"于是他赶走所有的疑惑，起身去法院。和同事们交流了之后，他坐下来，按照老习惯漫不经心地，用若有所思的目光扫视了一圈在场的人。然后，用瘦骨嶙峋的双手支撑着橡木软椅的扶手，和往常一样，转身向着同事，并把案卷拉近一点，低声说了几句话，然后突然抬起眼睛，坐得笔直，讲一些形式上的老话，开始审理案件。但是突然地，在中间的时候，肋部就开始疼起来，它可不理会审理案件的进程，就那么一点点地扩散开来。伊万·伊里奇注意着，想赶走自己的痛感，但是它依然在持续着。它又来了，伫立在他面前，望着他，而他变得大惊失色，眼中的火光熄灭了，他又一次问自己："难道说只有这才是真实的？"他的同事和下属惊讶而又痛惜地看到，他这么一位精干、细心的法官也会面露畏葸之色，出现差错。他打起精神，极力唤醒意识，勉勉强强撑到审理结束，回家的时候沮丧万分。他意识到，再也不能像以往那样用公务遮蔽他想要遮蔽的东西了；他没办法靠审讯工作逃避这一切了。更糟糕的是，它之所以引起他对它的注意，并不是想让他对此采取行动，而只是为了让他看着它，直面它，什么也不做地望着它，承受难以言传的折磨。

为了摆脱这种状况，伊万·伊里奇转而寻求其他的挡箭牌作为安慰。其他的挡箭牌也出现了，并且在一个短暂的时期似乎救了他，但是立刻又失去了效力。这些挡箭牌并不是遭到了毁坏，而是被洞穿了，似乎它就是可以穿透一切，没有什么能够阻挡得住。

最近的一段时间里，他有时候走进自己布置的客厅——他曾经在里面摔倒过——为了这间客厅，为了布置这间客厅——现在想起来，他忍不住觉得可悲，可笑——他牺牲了自己的生命，因为他知道，一切的病痛就是从那次碰伤开始的。他走进客厅，倏地看到新涂了油漆的桌子上有一处被划破的痕迹。他找到了原因：是相册边上的青铜饰品被弄弯了，划破了桌子。他捡起那本自己曾经满怀爱意粘贴好的相册，对女儿和她的朋友们的粗心大意充满了愤怒——相册里有的地方被撕破了，有的地方照片放倒了。他仔细地把照片排列整齐，又把相册上的铜饰品扳正。

他后来想到，应该把这套放相册的établissement① 搬到另一个角落里，让它靠近花。他吩咐仆人：去叫女儿或妻子来这儿帮忙。她们不同意他的做法，反驳他，他朝她们嚷嚷，惹了一肚子气。但是这一切却很好，因为他这时候忘掉了它，看不见它了。

不过，当他亲自搬东西的时候，他的妻子说："你这是何必呢，下人们会做的，你又要自己伤害自己了。"这时，它突然地穿过了挡箭牌，一闪而过。他看见它了。它一闪而过的时

---

① 法语：设备，设施。

候，他还希冀着就此消失不见了，但是他又不由自主地注意了自己的肋部——那儿还是像以前一样，还是在隐隐作痛。他已经无法忘掉它了，它分明就躲在花丛后面打量着他。这一切都是为什么呢？

"是的，就在这里，在这个窗帘上，我就像在战场上一样丧生了。真是这样的吗？多么可怕，多么愚蠢啊！这不可能！说是不可能，却真真切切存在。"

他走进了书房，躺了下来。他又和它单独待在一起了，他和它四目相对，却对它无计可施。他只能望着它，浑身发冷。

七

在伊万·伊里奇生病的第三个月里出现了一种情况，至于为什么会发生，谁也说不清楚。因为这是一步步，不知不觉中完成的，这种情况就是：无论是妻子、女儿、他的儿子，还是下人、熟人和医生，最主要的还是他自己——他们都知道，别人目前对他最主要的兴趣仅仅在于，他是否能够迅速地、最终地腾出空位来，把活人们从因他存在而承受的拘束里解放出来，同时也把自己从痛苦中解脱出来。

他睡得越来越少了，接受了鸦片的治疗，并且也开始注射吗啡。但是这并没有减轻他的痛苦，他从昏昏沉沉的状态中所体验到的隐隐约约的哀愁最初减轻了他的疼痛，因为这总算是一种新的感觉，但是后来它也和明显的疼痛一样让人难熬，甚至还有过之而无不及。

他们按照医生的安排，给他准备特制的食物，但是这些食物对他来说越来越没有味道，越来越使人反胃了。

他们还为他做了套大小便时使用的装置，可是每次方便都是受折磨。他觉得这不清洁、不体面，又有臭味，并且他知道，做这件事的时候身边还要有人伺候，他因此痛苦不堪。

然而，在这件最不愉快的事情里，伊万·伊里奇还得到了点慰藉。每次都是由一个名叫盖拉西姆的打杂的农民为他端便盆。

　　盖拉西姆是一个干净整洁、精力充沛的年轻农民，由于城里的伙食渐渐发胖了。他整天乐呵呵的，性格开朗。一开始的时候，看到这么一个干干净净的、穿着俄式服装的年轻人干这种令人作呕的差事，伊万·伊里奇觉得很窘迫。

　　有一次，他从便盆上起身，没有力气把裤子提起来，一下子跌落在软椅上，惊恐地望着自己裸露的、瘦得皮包骨头的、软弱的大腿。

　　这个时候，伴随着一股皮靴好闻的柏油味和户外新鲜的冬天的风的味道，盖拉西姆迈着轻快有力的步伐走了进来。他围着干净的麻布围裙，身上干净的花布衬衫的袖子被挽了起来，露出他年轻有力的胳膊。他没有抬头望伊万·伊里奇——显然是特意克制住脸上焕发的生命的欢愉，以免使病人看了难受——而是径直朝便盆走去。

　　"盖拉西姆。"伊万·伊里奇有气无力地喊他。

　　盖拉西姆哆嗦了一下，显然是在害怕自己做错了什么事。他动作敏捷地把自己那红润的、善良的、单纯又年轻的、刚开始长胡子的脸转向了病人。

　　"您有什么吩咐？"

　　"我想，你肯定不乐意做这些吧？请你原谅，我没有力气。"

　　"您别这样说，"盖拉西姆眨了下眼睛，露出他那年轻的、洁白的牙齿，"为什么不伺候您呢，您现在是病人啊。"

说着，他用自己敏捷有力的双手完成了自己习惯做的事情，脚步轻轻地走开了。过了五分钟，他又轻手轻脚地回到了房间。

伊万·伊里奇还是那样坐在软椅上。

"盖拉西姆，"当盖拉西姆把清洗干净的便盆放下的时候，他说道，"请你帮我一下，到这边来。"盖拉西姆走到他跟前。"把我扶起来。我一个人太费劲，德米特里又被我打发走了。"

盖拉西姆走上前去，用强壮的双手抱住了他，就像他走起路来那样轻快，一只手灵巧地托着他，另一只手给他提上裤子，打算让他坐在椅子上。可是伊万·伊里奇请求把他扶到长沙发上。盖拉西姆毫不费力地，好像没有碰到他一样，连扶带抱把他搀到长沙发旁，使他坐下来。

"谢谢你。你做什么都这么灵巧、这么好……"

盖拉西姆又笑了，想要离开，但是伊万·伊里奇觉得有他在身边十分舒服，他不想让他走。

"还有一件事：帮我把那个椅子搬过来吧，不是，就是这把，把它放到脚下面。腿抬高的时候，我会感觉好受点。"

盖拉西姆搬来了椅子，稳稳妥妥地把它放到了地上，抬起伊万·伊里奇的双腿，放到了椅子上。伊万·伊里奇感觉，盖拉西姆把腿举高的时候，自己又舒服了很多。

"腿垫高的时候，我感觉舒服了很多。"伊万·伊里奇说，"把那边的靠枕给我拿来吧。"

盖拉西姆照办了。他又一次抬起他的腿，把他放下来。当盖拉西姆举起腿的时候，伊万·伊里奇又一次感觉到舒适。而当他把腿放下，感觉就差多了。

"盖拉西姆，"他对他说，"你现在忙吗？"

"不怎么忙，老爷。"他已经像城里的下人们一样，学会了怎样和老爷们说话。

"你还需要做什么事？"

"我还有什么事情要做吗？活儿都干完了，就差明天的柴火还没有劈。"

"那你就像这样举着腿，可以吗？"

"怎么不行呢？行。"盖拉西姆说着把腿举高了，伊万·伊里奇立刻感觉到，这样的姿势使他完全感觉不到疼痛了。

"那劈柴怎么办？"

"这个您不用担心，咱来得及。"

伊万·伊里奇吩咐盖拉西姆坐下来举着他的腿，和他聊起天来。真奇怪了，他觉得，盖拉西姆举着他的腿的时候，他舒服多了。

从那以后，伊万·伊里奇有时候就叫来盖拉西姆，让他用肩膀扛着他的腿，并且喜欢和他聊天。盖拉西姆做起这件事轻而易举，也很乐意这样做，并且还带着一种善意。这种善意深深地感动了伊万·伊里奇。其他所有人身上的那种健康、活力和生机勃发只会侮辱伊万·伊里奇，唯有盖拉西姆的活力充沛和生机勃发不但不使伊万·伊里奇伤心，反而宽慰了他。

伊万·伊里奇最受不了的就是伪善。那些不知为何被大家所默认的伪善，说什么他只是有病，不会因这个丧命，说什么他只要安心治疗，就会取得某种良好的效果。他自己就知道，无论采取什么措施，除了会更加折磨病人和带来最终的死亡外，什么效果也不会有。这种谎言让他受不了。他受不了他们不承认大家都知道、他也知道的事实，而是对他可怕的处境撒谎，还想让他也参与到这种伪善中来。谎言，这种在他死到临头时施加到他身上的谎言，这种把他的死这样可怕又庄重的行为，同他们的拜访、窗帘、饭桌上的鲟鱼等等俗事置于同一水平的谎言，使伊万·伊里奇感到万分痛苦。奇怪的是，有很多次，当他们又向他玩弄这些花招时，他真想朝着他们大喝一声："得了吧！你们知道，我也知道，接下来就是死亡。那就请你们至少别撒谎了吧！"可是他从来也没有勇气这样做过。他看到，自己的死亡这样一件可怕的、恐怖的行为竟然被周围的人，甚至被他毕生信奉的所谓"体面"本身，贬低到一种偶然的、不愉快的事情的水平，似乎还有点儿有失体面（就好像一个身上散发臭气的人走进客厅，众人对他的态度）；他看到，谁也不可怜他，因为甚至没有人想了解他的处境。只有盖拉西姆了解他的处境，可怜他。所以，伊万·伊里奇只有和盖拉西姆在一起的时候才觉得舒服。有时候，盖拉西姆连着几个晚上整宿扛着他的腿，不肯去睡，还说："伊万·伊里奇，您放心吧，我能睡够觉的。"或者突然忘了规矩，称他为"你"，还说："要是你没病多好啊，不然怎么伺候你不成呢？"这尤其使他感到舒服。只有盖拉西姆一个人不撒谎，考虑到各个因素，只有他一个人懂问题在哪儿，并且不认为有必要隐瞒这一点。他只是可怜这位生病体衰的老爷。甚至有一回，当伊万·伊里奇催他去睡觉的时候，他坦言说：

"我们大家都是要死的。为什么活着时不付出点劳动呢？"他说这句话的意思是，他毫不吝啬自己的劳动，只是因为他是为一个垂死的人做的，他还希望等到自己这个时候，也有人为他付出同样的劳动。

除了这种虚伪之外，或者说由于这种虚伪，伊万·伊里奇最痛苦的就是，没有人能像他希望的那样怜悯他：有时候，在忍受了很长时间的痛苦之后，伊万·伊里奇最想的就是——虽然他有点儿羞于承认这一点——希望有个人像可怜一个病中的孩子那样可怜他。他真希望大家能够像爱抚、安慰孩子那样爱抚他、亲吻他，为他哭泣。他知道自己是一位显要的高等审判厅委员，胡子都花白了，因此这样做是不可能的，但是他还是期待着这些。而同盖拉西姆的关系中，有些与此颇相近的东西，因此和盖拉西姆的关系使他感到慰藉。伊万·伊里奇想大哭一场，想让别人爱抚他，为他哭泣，这个时候，他的同事，高等审判厅委员舍别克光顾了。伊万·伊里奇没有哭泣和接受爱抚，反而摆出一本正经、威严又深沉的样子，对于撤销原判说出了自己的看法，并固执己见。这种存在于他周围和他自身之中的伪善，极大地毒害了伊万·伊里奇生命的最后几天。

八

早晨。由于是清早，盖拉西姆走了，仆人彼得进来了。他吹灭了蜡烛，打开一扇窗帘，开始静悄悄地打扫房间。早上也好，晚上也罢，不管是星期五，还是星期天——反正都是一样的，反正都没差别：持续不断的、无时无刻不折磨人的隐约的疼痛；意识到无望地走向远去，又还没有离开的生命；一步步逼近的令人恐惧和憎恨的死亡（这是唯一的现实），以及继续上演的伪善。这已经是多少天，多少星期，多少小时了呢？

"您要喝点茶吗？"

"他就是为了例行每天的规矩。"他这样想着，但是嘴上却说：

"不用了。"

"要不要把您挪到长沙发上？"

"他要收拾房间，我妨碍到他了。我不干净，邋遢。"他这样想着，却还是说：

"不用了，你不用管我了。"

下人又忙活了一阵子。伊万·伊里奇伸出一只手，彼得毕恭毕敬地走上前来。

“您有什么吩咐？”

“表。”

于是彼得把他手边的表拿过来，递给他。

“八点半，那边还都没起来吗？”

“还没有。瓦西里·伊万诺维奇（他的儿子）去上学了，普拉斯科维娅·菲奥德洛芙娜吩咐过，您如果有事情，就去叫醒她。要不要叫她？”

“不，不用叫。”他说，又想到：“要不要喝点茶呢？”“对，把茶……端过来吧。”

彼得朝外面走去。伊万·伊里奇害怕把他一个人留在这儿。“找件什么事情把他留下来呢？对了，药。”“彼得，把药递给我。”“为什么不吃药呢？说不定还能起到点儿作用。”他拿起勺子，一饮而尽。“不，不会有什么作用的。这都是扯淡，都是欺骗。”他一尝到那种熟悉的、甜腻的、令人绝望的味道，就立刻这样断定。“不，我没办法相信。但是这疼痛，这疼痛又是为什么呢，哪怕能消停一分钟也好啊。”他又呻吟起来。彼得回来了。“不，去，去把茶端过来。”

彼得出去了，又只剩下伊万·伊里奇一个人在那儿呻吟。这呻吟与其说是因为疼痛（尽管确实疼得厉害），不如说是因为无聊。“总是老样子，千篇一律。还是这些没完没了的白天和黑夜。哪怕能快点呢！什么东西快一点？死亡，黑暗。不，不要。什么都比死强！”

当彼得用托盘把茶端过来的时候，伊万·伊里奇久久地慌张失措地盯着他，不明白他是谁，来干什么。彼得被这种目光盯得局促起来，而当他局促的时候，伊万·伊里奇才清醒过来。

"对，"他说着，"茶……好的，放这儿吧。可是要请你帮我洗洗脸，换一件干净的衬衫。"

于是伊万·伊里奇开始洗脸，他洗一会儿就停下来喘口气，洗了洗手、脸，刷了牙，然后开始梳头，照了照镜子。他禁不住骇然：他的头发一根根趴在了他苍白的脑门上，让他不寒而栗。

给他换衬衫的时候，他知道，如果现在他低头看一看自己的身体，肯定会觉得更加可怕，因此他不敢看自己。这些事情总算是都做完了，他穿上了长衫，裹上毛毯，坐在软椅上，把茶端过来。有那么一刻，他觉得自己焕然一新，但是刚要开始喝茶，又是那股怪味，又是那种疼痛。他勉强把茶喝完，躺下去伸展开了腿。他躺下后就打发彼得走了。

一切还是老样子。一会儿闪出了一点儿希望，一会儿又跟着绝望的大海奔腾咆哮。永远是疼痛，疼痛，永远是苦闷，永远是一成不变。一个人待着的时候会百无聊赖，总想叫个人过来；可是他立刻就想到，有别人在场心里会更难受。"哪怕再注射点儿吗啡也好——睡着了就都忘。我要告诉他，告诉医生，让他再想想办法。这样不行，不可以这样。"

一个小时，两个小时就这么过去了。可是这时，前厅里响起了门铃声，说不定是医生来了。不错，确实是医生，满面红光，精神抖擞，大腹便便，笑容可掬。那副表情仿佛在说：您这又是被什么给吓住了，不要紧，我们这就来解决它。医生知道这副表情在这里并不合适，但是他既然永远在脸上挂上了这副表情，就没办法取下来，就像一个人大早上穿上燕尾服去拜访客人一样。医生活力充沛地、令人安心地搓着手。

"真冷，结结实实的严寒啊。让我烤烤火。"他说这话时的表情仿佛在说，先让他烤烤火。等他暖和了，什么事情就都能解决了。

"嗯，怎么样？"

伊万·伊里奇感觉医生想要说："事儿办得怎么样了？"但是好像他自己也觉得问得不妥，于是又加了一句："您晚上睡得怎么样？"

伊万·伊里奇望着医生，他的表情似乎在向他发问："您整天说谎，就从来没感觉过害臊？"

但是医生却不想明白他的这个问题。

于是伊万·伊里奇回答说：

"还是那样，疼得难受。疼痛没有消失，没有好转的迹象。哪怕能有点儿什么也好啊！"

"是啊，你们这些病人从来都是这样。嗯，现在好像暖和了，甚至谨慎认真的普拉斯科维娅·菲奥德洛芙娜也不能对我的体温提什么意见了。开始吧，您好！"医生说着，跟他握了握手。

接着，医生一改先前所有的玩笑和随意，开始一本正经地为病人做检查，诊脉，量体温，并开始这儿敲敲，那儿听听。

伊万·伊里奇确定无疑地知道，他所做的这些都是扯淡、装样子，但是当医生跪了下去，朝他伸过头去，将耳朵忽高忽低地贴在他身上，满脸庄重地在他身上做出各种各样的体操动作时，伊万·伊里奇却默许了这一切，就像他先前任凭律师在法庭上信口雌黄一样。他其实心里早已清楚，他们只不过在那儿装模作样。为什么要装模作样呢？

医生跪在长沙发上，还在敲打着，这个时候门口响起普拉斯科维娅·菲奥德洛芙娜丝绸衣服窸窸的声响。还听得到她在责备彼得，为什么医生来了没有通报她。

她走了进来，亲吻了丈夫，然后立刻开始解释，说自己早就起床了，只是因为刚才医生来的时候，她误以为是别人，所以没有进来。

伊万·伊里奇望着她，从上到下把她打量了一遍，看哪儿都觉得气愤：她那白皙、丰腴、干净的手和脖颈，她那头发的光泽，她充满朝气的眼睛里的光芒。他对她恨之入骨，和她的身体接触也因为这厌恶而使他觉得十分难受。

她对待他和他的疾病的态度依然如故，就像医生一旦认定了对于病人的态度，就无法再更改一样。她认定了用一种态度对待他——他没有做需要做的事情，错都是他，而她也不失时机地拿这个来责备他——她已经不能换一种态度来对待他了。

"他就是不听劝告！也不按时吃药！最要命的是，他整天这样两腿朝上地躺着，这个姿势可能会对他有害。"

她开始详细描述，他是如何让盖拉西姆架着他的两条腿。

医生亲切地笑了笑，不无轻蔑的含义，仿佛在回应说："能怎么办呢。病人们总是会有些愚蠢的念头，但总是可以原谅的。"

检查结束后，医生看了看表，这时普拉斯科维娅·菲奥德洛芙娜告诉伊万·伊里奇，不管他愿不愿意，反正她今天又请了一位名医，他将和米哈伊尔·丹尼洛维奇（那个普通医生的名字）一起会诊。

"求你别再反对了，我这是为了自己才做的。"她语调里带着点讽刺，想让他明白，她做什么事都是为了他，只能这样说才能不使他拒绝。他没有作声，皱起了眉头。他感觉到，包围在自己周围的这种伪善完全混成了一团，简直是真假莫辨了。

她为他所做的一切只是为了她自己，她对他说，她确实是为了自己才做出这样令人难以相信的事情，以至于他现在真需要反过来理解这些话了。

果然，十一点半的时候，那位名医来了。于是又一次开始听诊，以及有关肾脏、盲肠的意义重大的谈话（先是在他面前，接着转入了另一个房间），然后是带着意味深长表情的你问我答，可是仍旧没有谈到那个最现实的问题，即他所面临的死亡的问题。他们还在聊什么肾和盲肠的问题，说什么他的肾和盲肠运行得不太正常，米哈伊尔·丹尼洛维奇和那个名医就要对它们宣战，迫使它们恢复正常。

那位名医告辞的时候面色凝重，却还有一些希望的神采。伊万·伊里奇抬起眼睛看着他，眼中闪烁着恐惧和希望，怯怯地问他，还有没有可能康复。名医回答说，他不敢保证，但是可能性还是有的。伊万·伊里奇送别医生时眼神中的希望是那么可怜，以至于普拉斯科维娅·菲奥德洛芙娜看到后忍不住哭了，她正走出他的书房门，要把出诊费付给那位名医。

由于医生的鼓舞所产生的情绪上的高涨并没有持续太长时间。思绪又回到了这个房间，又是那些画，窗帘，壁纸，药瓶，还有他忍受着疼痛、备受煎熬的身体。于是伊万·伊里奇开始呻吟了，打了一针后，他又昏昏睡去了。

等他醒过来，天已经茫茫迟暮了。下人给他送来饭菜，他勉强喝了点儿鸡汤，一切又是老样子了，又是那正在降临的黑夜。

吃过饭，七点钟的时候，普拉斯科维娅·菲奥德洛芙娜走进了他的房间。她穿着打扮看样子是要去参加一场晚会，丰满的乳房被束得紧紧的，脸上还有脂粉的痕迹。她早上的时候就说过，他们今天要去看戏。今晚有刚来到这儿的莎拉·伯恩哈特①的演出，他们订了个包厢，这曾是他坚持要他们订的。可是现在他竟然给忘了，她的花枝招展也使他心中不快。但是他藏起了自己的不快，因为他想起，当初是他自己坚持要订一个包厢去看戏，以便使孩子们得到一次有教育意义的审美体验。

----

① 莎拉·伯恩哈特（1844—1923），法国著名的女演员。

普拉斯科维娅·菲奥德洛芙娜有些洋洋自得地走了进来，但是又似乎觉得自己犯了过错。她坐下来，问了问他的健康状况，但是他看到，她只是为了询问而询问，而不是因为想要知道。她知道自己也没什么想要知道的，所以，她就把自己该说的话说了一遍：如果不是包厢已经订过了，而且艾伦、女儿和彼得里谢夫（那位法院预审官，他们女儿的未婚夫）都要过去，而且又不可能让他们自己过去，她是绝不会去的。能够守在他身边坐着她会更好受一些。但是，她不在的时候，他可一定要遵照医生的叮嘱。

"对了，费奥德尔·彼得罗维奇（未婚夫）想进来看看你，让他进来吧？还有丽莎。"

"让他们过来吧。"

女儿袒胸露臂地走进来了，她裸露着年轻的身体，不由得使他痛苦，而她却把身体拿出来展览。她强壮，健康，显然正处于热恋中，对于疾病、痛苦和死亡很排斥，因为这些都妨碍了她的幸福。

费奥德尔·彼得罗维奇进来了。他穿着燕尾服，烫了 à la Capoul① 的发型，雪白的衣领紧紧裹着他修长的、青筋毕露的脖子。衬衫的前胸雪白，黑色的紧身裤紧紧地裹着健壮的大腿，戴着白色手套的手里拿着高顶礼帽。

在他后面，悄悄地走进来一个中学生，身上的制服是新

---

① 法语：卡波式。

的，可是看起来可怜巴巴的，带着手袋，眼睛下面有一块青黑色的印痕。至于这块印痕的意思，伊万·伊里奇清楚。

儿子一直是他的心头肉。他那吃惊的、布满哀伤的眼神看起来十分可怕。伊万·伊里奇觉得，除了盖拉西姆，只有瓦夏一个人能理解他，可怜他。

所有人都坐下来，又问了问健康状况。紧接着又是沉默。丽莎问了母亲，望远镜在哪里。接着母女二人争执起来，就为了谁把它放了起来，放到了哪儿。气氛很不愉快。

费奥德尔·彼得罗维奇问伊万·伊里奇是否看过莎拉·伯恩哈特。伊万·伊里奇刚开始没有听懂他的问题，后来又答道：

"没有。您看过？"

"是的，我看过她演的 *Adrienne Lecouvreur*[①]。"

普拉斯科维娅·菲奥德洛芙娜说，她演某个角色演得非常棒。但是女儿提出了反对的意见，于是又谈起了她演技的精湛和逼真。说的全是那些千篇一律的话。

在谈话进行到中间的时候，费奥德尔·彼得罗维奇看了伊万·伊里奇一眼，突然不说话。其他人也都瞧了他一眼，不再说话。伊万·伊里奇眼睛里闪着怒火望着他们，显然是迁怒于他们了。似乎必须改变这种状况，但是怎么也没办法改变。无论如何，应该打破这种沉默，可是谁都不敢贸然行动，谁都害怕打破了这种体面的伪善，以使大家都明白事情的真相。丽

---

① 法语：《阿德里安娜·勒库弗勒》，法国戏剧家斯克里布创作的剧本。

莎终于下了决心第一个上，她打破了沉默。她本来想掩饰大家都盼望的东西，但是不料说漏了嘴。

"可是，如果要去的话，时间差不多了。"她说着看了看自己的表（那是父亲送给她的礼物），然后含着某种意味深长的表情，对着那个年轻人微微一笑（这是只有他们两个人明白的暗号），站起了身，衣服开始窸窣作响。所有人也都站起来，和他告别，离开了。

他们都走了以后，伊万·伊里奇突然觉得心里畅快多了：不再有伪善了，它随着他们一起走了，可是疼痛却留了下来。还是同样的疼痛，还是同样的恐惧，没有更加痛苦，也没有丝毫减轻。总之越来越差了。

又是一分钟接着一分钟，一小时接着一小时地过去。一切照旧，一切都没有尽头，那不可避免的结局也显得越来越可怕了。

"好，把盖拉西姆叫来。"他在回答彼得的问话时，这样说。

九

深夜的时候妻子回来了。她蹑手蹑脚地走着，但还是被他听到了。他睁开眼睛，又赶紧闭上了。她想打发走盖拉西姆，自己坐下来陪他。他睁开眼睛，说：

"不用，你走吧。"

"你疼得很厉害吗？"

"反正都一样。"

"要不吃点鸦片吧？"

他同意了，喝了之后，她走了。

他一直处于痛苦的昏迷中，直到三点才渐渐停息。他感觉自己病痛的身体被塞进了一只又窄又深的黑色口袋里。他被越来越深地塞进去，可是怎么也塞不到底。并且，这种可怕的事情是和疼痛同时进行的。他心里害怕，却又想要钻进去。他挣扎着，然而又是在协助这个过程。突然，他坠落下去，跌倒了，就这样醒了。盖拉西姆依旧坐在他的床头，轻轻地、不紧不慢地打着盹儿。可是他却躺着，穿着袜子的两条瘦腿正搭在他的肩膀上；蜡烛上还罩着那个灯罩，还有那一刻不停的疼痛。

"你走吧，盖拉西姆。"他悄声说道。

"没事儿，我再坐会儿，老爷。"

"不，你走吧。"

他缩回了双腿，侧着身子躺下，一只胳膊压在下面，他开始自己可怜起自己来。等到盖拉西姆走到隔壁的房间，他再也忍不住，像个孩子似的哭起来了。他哭自己孤苦无助，哭自己可怕的孤独，哭周围人的不近人情，哭上帝的残酷，以及上帝的不存在。"为什么你要这么做？为什么你要把我带到人世间来？为什么你要这么可怕地折磨我？为什么？……"他并不希望得到什么回答，他哭的是没有回答，也不可能有什么回答。疼痛一点点地加剧了，但是他没有动弹，也没有叫人来。他只是对着自己说："你来吧，你折磨我吧！但是你为什么这么做呢？我做了什么对不起你的事了？为什么非要这样？"

后来，他安静下来，不仅不再哭了，也不再呼吸了，而是全神贯注聆听。似乎他不是在聆听用声音发出的说话声，而是在聆听他内心深处勃发的心灵的声音和思路。

"你究竟要什么啊？"这是他所听到的、第一个能够用语言传达的思想。"你究竟要什么？你究竟要什么？"他一再重复着这句话。"要什么？——我要不再受苦，活下去。"他回答。

他又投身到这种凝神屏气的紧张氛围里，连疼痛也没有使他分心。

"活下去？怎么活？"心灵的声音问他。

"对，要活下去，就像我之前那样活下去：体面端庄，心情舒畅。"

"你过去是怎么活的？体面端庄，心情愉快吗？"那个声音问道。他于是开始在心里回想自己愉快生活的美好时刻，可是，奇怪的是，所有那些以前愉快生活的美好时刻，现在看起来完全不是当时感受的那样。所有的回忆都是如此——除了生命最初的童年记忆以外。在那个童年时代，有些事情确实是愉快的。如果时光回转，真的可以为它而生活，但是那个体验到这种快乐的人已经不存在了，他现在仿佛在回忆另一个人的生活。

那些推动塑造成现在的伊万·伊里奇的事情一开始，过去被看作快乐的一切在他心中便逐渐消失，变成了某些渺小的、令人反感的东西了。

离童年越远，离现在越近，那些快乐也就变得越微不足道、令人质疑。这一切都是从上法律学校开始的。在法律学校也有一些真正美好的东西：那儿有愉悦，有友谊，有希望，但是一到高年级，这种美好的东西就变得少了。然后是在省长身边第一次供职的时候，又一次出现了美好的时刻：那是一段对于一个女人的爱情回忆。接着一切又乱作一团，美好的东西变得更少了。以后这种美好又变得更少，越往后越少。

结婚……于是出现了失望、妻子嘴里的气味、肉欲和装腔作势！还有死气沉沉的公务，以及对金钱的担忧，就这么一年，两年，十年，二十年——永远是这些东西，而且越往后越显得死气沉沉。我就是这么一步步走着下坡路，还自以为步步高升呢！那时候就是这样的，在大家眼中，我在一步步高升，可是生命却一步步离我远去……现在万事俱备，你该去死了！

这到底是怎么回事呢？为什么会这样？不可能啊，生活不可能这么无聊，这么卑劣！可是如果生活真的是这么无聊，这么卑劣的话，那又为什么要死去，还是这么痛苦着死去？总有些地方不是这样吧。

"或许，我过去生活得不对头？"他突然这样想，"可是又怎么会不对头呢？我做什么事都认认真真地啊！"他自言自语，同时立即把那个唯一能够解决生死之谜的想法当作完全不可能的胡思乱想，从脑海里赶了出去。

"你现在到底要什么呢？活下去？怎么活？像在法院里，执行人员宣布'开庭……'时那样生活吗？开庭，开庭，"他自己对自己重复着，"看啊，现在开庭了！可是我没有犯罪啊！"他怒不可遏，尖声叫道："为什么要审判我？"他止住了哭，把脸朝向了墙角，开始思考那个反复思考过的问题：为什么？这一切这么可怕，到底是为什么？

但是，不管他怎么苦思冥想，总是找不到答案。当他想到（这个想法经常出现）一切都是因为他生活得不对头的时候，他又立刻联想到自己一生认认真真，忠于职守，于是他便把这个奇怪的想法赶走了。

十

又过了两个星期。伊万·伊里奇已经不能从沙发上起来了。他不想躺在床上，所以就躺在沙发上。几乎所有的时间，他都面朝墙壁躺着，他依然孤独地承受着无法解决的痛苦，孤独地思考着那些想不通的问题。这是怎么回事？难道真的要死了吗？他内心里的声音回答道："是的，没错。"那又为何要在这里受苦呢？这个声音接着说："就是这样，不为什么。"除了这之外，脑子里就什么也没有了。

从患病之初，伊万·伊里奇头一次去看医生的时候开始，他的生活就分裂为了两种彼此对立、相互交替的状态：一会儿是绝望和等待那无法理解、可怕的死亡，一会儿又是希望和观察自己体内活动的饱满的兴致。一会儿他眼前只能看得到暂时擅离职守的盲肠或肾脏，一会儿又只能看到躲不掉的无法理解的、可怕的死亡。

这两种状态从患病之初就相互交替，但是病得越久，那种关于肾脏的推测就变得越可疑、荒诞，而对于不断逼近的死亡的意识也越来越真切。

他只要回想一下，三个月之前他过的是什么日子，现在又是什么样，只要想一想他怎样一步步走向下坡，所有的希望就都不攻自破了。

最近，他一直处于一种孤独之中，面朝沙发背躺着。在人口众多的城市里，他的熟人遍及各处，家属众多，可是他却感受到一种无论在任何地方，无论在海底还是在地下都不可能有的深深的孤独。最近一段时间，伊万·伊里奇在这种可怕的孤独中，只能靠回忆往事度日。过去的岁月就像画面，一幕幕地在他面前出现，每次都是从时间上最近的开始，一点点引向深远，引向童年，在那儿停下来。伊万·伊里奇想起了今天下人端来给他吃的黑李子酱，他就不由得想到小时候吃过的没有熟透的、皱皮的法国黑李子，想起那特别的味道和快吃到核时酸得口生津液。并且，对于李子的回忆又使他想到一连串那个时候的往事：保姆、弟弟、玩具。"不能想这个了……想起来太痛苦了。"伊万·伊里奇自言自语着，于是重又回到现在。他看到了沙发背上的纽扣和山羊皮的褶皱。"山羊皮又贵又不结实，还曾经因为这个吵过架。但是那是另外一张山羊皮，另外的一次争吵，那一次我们因为把父亲的皮包扯坏了，受到了惩罚，可是妈妈端来了馅饼。"于是思绪又一次停留在了童年，伊万·伊里奇又一次觉得痛苦，他极力地驱逐着这些念头，去想其他的事。

也就是在这个时候，伴随着这种回忆的转变，他心中萦绕起另一串回忆：他想到自己的病情是怎么加剧和恶化的。越往后回溯，生活的情趣就越多。生活中的善越多，生活本身的情趣也就越多。两者相辅相成，交融在一起。"就像病痛越来越严重，整个生活也越来越坏了。"他想。在生命之初，有一点儿亮光，后来便越来越黑暗，越走越快。"与死亡距离的平方成反比。"伊万·伊里奇这样想着，于是一块石头加速下落的形象坠落进了他的心里。一连串不断增加的痛苦正在越来越快地飞向终点，飞向那最可怕的痛苦。"我在飞翔……"他战栗，挣扎，想要反抗；但是他已经明白，自己是没法反抗的，他只能又动用他那已经厌倦了观看，又不能不看着前面东西的眼睛，瞄着沙发背，等待着，等待那可怕的坠落、碰撞和毁灭。"没办法反抗，"他喃喃地说着，"可是至少让我知道，这一切是为了什么？这也办不到。如果说我生活得不对头，倒也算是一种解释，但是这一点是没办法承认的。"他这样自言自语着，想着自己一生忠于职守，按章办事，品行端正。"这一点无论如何不能妥协，"他一面对自己说着，一面又忍住了冷笑，似乎有人能看到他的笑容，被这笑容蒙蔽。"无法解释！痛苦，死亡……这到底是为了什么？"

十一

　　这样又过了两个星期。在这两个星期里，发生了一件伊万·伊里奇和他的妻子都期盼的事：彼得里谢夫正式向女儿求婚了。这件事发生在晚上。第二天，普拉斯科维娅·菲奥德洛芙娜走到丈夫房间里，边走边想，怎么告诉他费奥德尔·彼得罗维奇求婚的事，可是就在前一天的晚上，伊万·伊里奇的病进一步恶化了。普拉斯科维娅·菲奥德洛芙娜看到他依然躺在沙发上，但是姿势换了。他仰面躺在那里呻吟着，目光死死地望着前方。

　　她说起了吃药的事，这时他把自己的视线转向了她。她没有来得及把话说完，就看到他的目光里带着极大的憎恨，这憎恶正是冲着她来的。"看在基督的分上，求你让我安安静静地死去吧。"他说道。

　　她正要走，这个时候女儿走了进来，到他面前问候他。他瞧女儿的眼神和瞧妻子时一样，对于她问他身体状况的问题，他干巴巴地回答说，很快他就会把大家都解放出来，不再受他的牵连。母女二人说不出话来，坐了一会儿就出去了。

"我们到底做错了什么啊？"丽莎对母亲说，"好像都是咱们害了他一样！我可怜爸爸，可是他为什么要折磨我们？"

医生像往常一样来探诊。伊万·伊里奇回答他的问题时说着"是的"，"不"，但是憎恨的目光一直没有从他身上移开，最后他说：

"既然您已经知道什么忙也帮不了，您就别管我了。"

医生说："我们总可以减轻点儿痛苦吧。"

"这您也办不到，您就别管我了。"

医生走进了客厅，告诉普拉斯科维娅·菲奥德洛芙娜，病人情况很不好，要想减轻痛苦——现在看起来，疼得很厉害——只有一个办法——服用鸦片。

医生又说，他肉体上的痛苦很剧烈，这倒是真的；但是比肉体上更加痛苦的是他精神上的痛苦，这才是他最主要的痛苦。

他精神上的痛苦在于，昨天晚上，当他望着盖拉西姆睡眼惺忪、和善的、颧骨突出的脸时，他突然想：怎么，难道我整个一生，清楚明了的一生过得真的"不对头"吗？

他想到原来觉得是完全不可能的事情，就是说他这辈子过得不对头，说不定真的是这样。他想到自己曾经有过微弱的念头，反对那些最高地位的人们认为好的东西，就是那些他立即从头脑中赶走的微弱的念头——说不定它们是正确的，而其他的一切都可能是错误的。不管是他的公务，他的生活规划，他的家庭，以及这些社会与公务的利益——这些可能都是错的。他试图要在自己面前为这一切辩护，可是他突然感觉到，所有的辩护都是苍白无力的，也没有什么可以辩护的。

"如果真的是这样的话，"他对自己说，"那让我在即将离开人世的时候才意识到，自己毁掉了上天赐予的一切，并且已经回天无力，那又能怎么办呢？"他仰面躺着，开始重新一点点检查自己的人生。当他早上看到仆人，接着是妻子，再接着是女儿，他们的一举一动、一言一行都印证了他昨天夜里发现的可怕的真理。从他们身上，他看到了自己，看到了他过去所赖以生存的一切。他清楚地看到这一切都错了，这一切是一个掩盖了生与死的可怕的大骗局。这种想法加剧了，甚至是数十倍地加剧了他肉体上的痛苦。他呻吟着，辗转反侧，胡乱撕扯身上的衣服。他觉得，正是这件衣服裹得他喘不过气，让他憋闷。他因为这个而憎恨他们。

他们给他服用了大剂量的鸦片，以至于他昏昏睡去了，但是吃午饭的时候，这一切又都开始了。他赶走了所有人，痛得翻过来，转过去。

妻子走到他身边，对他说：

"Jean，亲爱的，你就当是为了我（为了我？）做件事吧。这也没什么害处，反而常常有帮助。不管怎么说，这也没什么的。健康人也常常会……"

他睁大了眼睛。

"什么？领圣餐①？为什么？不要！实际上……"

她开始哭了。

"好不好，我的朋友？我去叫我们自己的，他那么慈爱。"

"好极了，非常好。"他说道。

神父来了。他对神父做了一番忏悔之后，感觉心里轻松了些，好像是从疑惑中解脱出来的轻松，痛苦也因此而减轻了。他从中找到了一丝希望，他又开始考虑盲肠以及治愈它的可能性。他两眼噙着泪水领了圣餐。

领完圣餐后，他被搀扶着重新躺下去，感觉到片刻的轻松，活下去的希望又一次出现了。他考虑起了手术，他们曾经建议过他做手术。"活下去，我想活下去。"他自言自语着。妻子走过来祝贺他②，她说了些套话，又加了一句：

"你是不是感觉好点儿了？"

他没有看她，回答说："是的。"

她的衣服，她的体态，她脸上的表情，她说话的声音——这一切都在说着同样的话："错了。你过去和现在赖以生存的一切，不过是谎言，是对你掩盖了生与死的骗局。"他一想到这些，他的憎恨，以及伴随着憎恨的肉体上的痛苦，与肉体疼痛同时降临的对不可避免的、即将到来的毁灭的意识，一起在

---

① 领圣餐，又叫作"领圣体血"，是东正教的一种宗教礼仪：用面包和葡萄酒象征耶稣为众人免罪而舍弃的身体和血，由神父分发给教徒食用。教徒临终前，要举行最后一次领圣餐仪式。

② 祝贺他领了圣餐。

他的体内上升。一种新的情况出现了：绞痛和刺痛开始出现，让他无法喘息。

当他说出"是的"这个词的时候，他脸上的表情是恐怖的。他说完了这个"是的"，便直视着她的脸，他克服了身体的虚弱，异常迅速地翻过身，脸朝下大叫：

"走开！都走开！别管我！"

十二

从这一刻开始，他接连三天不停地喊叫着。那叫声是如此可怕，以至于隔了两道门听到这声音，也不由得会觉得惊悚。在回答妻子的那一刻，他就已经明白了，这下他完了，退路没有了。末日已经到了，最终的末日，但是他的疑惑终究没有解决，疑惑还是疑惑。

"哎哟！哎哟！哎哟！"他用不同的声调叫唤着。他开始大叫："我不要！"——接着又是一个劲儿地叫着"哎哟"。

整整三天的时间，这三天对他来说，时间是不存在的，他被一种无形的不可抗拒的力量塞进一只黑袋子里，他在里面拼命挣扎着。他挣扎着，就像一个死囚犯明明知道已经没有可能被赦免，仍旧在刽子手的手里垂死挣扎。不管怎样挣命，每一分钟他都能感觉到，自己离那件让他毛骨悚然的事越来越近了。他感到他的痛苦就是，自己正在往那个黑洞里钻，但是更痛苦的是，那个洞怎么钻也钻不进去。阻碍他钻进去的，是他一贯的想法：他的一生问心无愧。对自己人生的辩解拽住了他，不放他往前走，因此也就更加使他痛苦。

突然，一股什么力量撞到他的胸口，推了他的肋下，使他的呼吸更加困难。他终于钻进了洞穴里，在那儿，洞穴的尽头有什么东西闪着亮光。他这时发生的事情，就像在火车车厢里一样，自己以为是在前进，其实是后退，到了后来才突然弄清了真实的方向。

"是的，一切都不对头。"他自言自语，"可是没关系，还可以的，还可以再做'对'的。那什么才是'对'的呢？"他问自己，突然静了下来。

这已经是第三天的末尾，他死之前的一个小时。就在这个时候，那个中学生悄悄走进父亲的房间，走到他床前。即将咽气的人还在绝望地喊叫着，狂乱地挥舞着胳膊。他的手打到了中学生的头上。中学生一把抓住他的手，把它贴到嘴唇上，哭了起来。

就在这个时候，伊万·伊里奇跌落进了洞穴，看到了光。他这才发现，这辈子都活得不对，但总算还可以改正。他问自己：什么才是"对"的呢，然后他静下来，屏气凝神。这时，他发觉有人在吻他的手。他睁开眼，看到自己的儿子。他忍不住怜悯起他来。妻子走到他面前，他望了她一眼。她嘴巴大张着，鼻子上和面颊上还挂着没有擦干净的泪滴，绝望地看着他。他也开始怜悯起她来。

"是的，我使他们遭罪了。"他想道。"他们现在觉得悲悯，等到我死了，他们就会过得好一些。"他想说这些话，但是已经没有力气说了。"其实，何必要说呢，应该做到才对。"他想到这里，用目光给妻子指了指儿子，说：

"领他走……可怜……请你……"他想说"原谅"，但却说成了"过去"，他已经没有力气更正了，只是摇了摇手。他知道，谁应该明白，自然会明白的。

他豁然开朗，那些曾经困扰他、赶不走的东西，突然从他的两侧，从四面八方走开了。他可怜他们，那就应该做些实事，让他们不再悲伤。赶走他们的、也是自己的痛苦。"多么好，多么简单啊。"他想。"痛苦呢？"他问自己，"它到哪儿去了？哎，痛苦，你在哪儿呢？"

他四处寻觅着。

"啊，它在这儿。有什么办法呢，让它疼去吧。"

"可是死呢？它在哪儿？"

他寻找自己过去曾习惯的、可怕的死亡，没有找到它。它在哪儿呢？死是什么样子的？什么恐惧都没有了，因为死也没有了。

代替死亡的，是光明。

"原来是这样啊！"他突然说出了声，"真快乐啊！"

对于他，这一切都是在一瞬间发生的，这一瞬间的意义已经不会改变了。对于守候在病榻前的人来说，他的弥留状态又持续了两个小时。他的胸膛中，发出咕咕的响声；他瘦骨嶙峋的身体也在微微地颤抖。后来，这种响声和嘶声越来越少了。

"结束了！"有人在他的上方说。

他听到这个词，又在心里把它重复了一遍。"死亡——结束了，"他对自己说，"再也没有死了。"

他吸了一口气，但是吸到一半的时候停住了，两腿一伸，死了。

1886

汉译文学名著

第一辑书目（30种）

第二辑书目（30 种）

枕草子	〔日〕清少纳言著	周作人译
尼伯龙人之歌	佚名著	安书祉译
萨迦选集		石琴娥等译
亚瑟王之死	〔英〕托马斯·马洛礼著	黄素封译
呆厮国志	〔英〕亚历山大·蒲柏著	李家真译注
波斯人信札	〔法〕孟德斯鸠著	梁守锵译
东方来信——蒙太古夫人书信集	〔英〕蒙太古夫人著	冯环译
忏悔录	〔法〕卢梭著	李平沤译
阴谋与爱情	〔德〕席勒著	杨武能译
雪莱抒情诗选	〔英〕雪莱著	杨熙龄译
幻灭	〔法〕巴尔扎克著	傅雷译
雨果诗选	〔法〕雨果著	程曾厚译
爱伦·坡短篇小说全集	〔美〕爱伦·坡著	曹明伦译
名利场	〔英〕萨克雷著	杨必译
游美札记	〔英〕查尔斯·狄更斯著	张谷若译
巴黎的忧郁	〔法〕夏尔·波德莱尔著	郭宏安译
卡拉马佐夫兄弟	〔俄〕陀思妥耶夫斯基著	徐振亚、冯增义译
安娜·卡列尼娜	〔俄〕列夫·托尔斯泰著	力冈译
还乡	〔英〕托马斯·哈代著	张谷若译
无名的裘德	〔英〕托马斯·哈代著	张谷若译
快乐王子——王尔德童话全集	〔英〕奥斯卡·王尔德著	李家真译
理想丈夫	〔英〕奥斯卡·王尔德著	许渊冲译
莎乐美 文德美夫人的扇子	〔英〕奥斯卡·王尔德著	许渊冲译
原来如此的故事	〔英〕吉卜林著	曹明伦译
缎子鞋	〔法〕保尔·克洛岱尔著	余中先译
昨日世界：一个欧洲人的回忆	〔奥〕斯蒂芬·茨威格著	史行果译
先知 沙与沫	〔黎巴嫩〕纪伯伦著	李唯中译
诉讼	〔奥〕弗兰茨·卡夫卡著	章国锋译
老人与海	〔美〕欧内斯特·海明威著	吴钧燮译
烦恼的冬天	〔美〕约翰·斯坦贝克著	吴钧燮译

第三辑书目（40种）

埃达	〔冰岛〕佚名著	石琴娥、斯文译
徒然草	〔日〕吉田兼好著	王以铸译
乌托邦	〔英〕托马斯·莫尔著	戴镏龄译
罗密欧与朱丽叶	〔英〕莎士比亚著	朱生豪译
李尔王	〔英〕莎士比亚著	朱生豪译
大洋国	〔英〕哈林顿著	何新译
论批评 云鬟劫	〔英〕亚历山大·蒲柏著	李家真译注
论人	〔英〕亚历山大·蒲柏著	李家真译注
亲和力	〔德〕歌德著	高中甫译
大尉的女儿	〔俄〕普希金著	刘文飞译
悲惨世界	〔法〕雨果著	潘丽珍译
安徒生童话与故事全集	〔丹麦〕安徒生著	石琴娥译
死魂灵	〔俄〕果戈理著	郑海凌译
瓦尔登湖	〔美〕亨利·大卫·梭罗著	李家真译注
罪与罚	〔俄〕陀思妥耶夫斯基著	力冈、袁亚楠译
生活之路	〔俄〕列夫·托尔斯泰著	王志耕译
小妇人	〔美〕路易莎·梅·奥尔科特著	贾辉丰译
生命之用	〔英〕约翰·卢伯克著	曹明伦译
哈代中短篇小说选	〔英〕托马斯·哈代著	张玲、张扬译
卡斯特桥市长	〔英〕托马斯·哈代著	张玲、张扬译
一生	〔法〕莫泊桑著	盛澄华译
莫泊桑短篇小说选	〔法〕莫泊桑著	柳鸣九译
多利安·格雷的画像	〔英〕奥斯卡·王尔德著	李家真译注
苹果车——政治狂想曲	〔英〕萧伯纳著	老舍译
伊坦·弗洛美	〔美〕伊迪斯·华尔顿著	吕叔湘译
施尼茨勒中短篇小说选	〔奥〕阿图尔·施尼茨勒著	高中甫译
约翰·克利斯朵夫	〔法〕罗曼·罗兰著	傅雷译
童年	〔苏联〕高尔基著	郭家申译
在人间	〔苏联〕高尔基著	郭家申译
我的大学	〔苏联〕高尔基著	郭家申译

地粮	〔法〕安德烈·纪德著	盛澄华译
在底层的人们	〔墨〕马里亚诺·阿苏埃拉著	吴广孝译
啊，拓荒者	〔美〕薇拉·凯瑟著	曹明伦译
云雀之歌	〔美〕薇拉·凯瑟著	曹明伦译
我的安东妮亚	〔美〕薇拉·凯瑟著	曹明伦译
绿山墙的安妮	〔加〕露西·莫德·蒙哥马利著	马爱农译
远方的花园——希梅内斯诗选	〔西〕胡安·拉蒙·希梅内斯著	赵振江译
城堡	〔奥〕弗兰茨·卡夫卡著	赵蓉恒译
飘	〔美〕玛格丽特·米切尔著	傅东华译
愤怒的葡萄	〔美〕约翰·斯坦贝克著	胡仲持译

第四辑书目（30 种）

伊戈尔出征记		李锡胤译
莎士比亚诗歌全集——十四行诗及其他	〔英〕莎士比亚著	曹明伦译
伏尔泰小说选	〔法〕伏尔泰著	傅雷译
海上劳工	〔法〕雨果著	许钧译
海华沙之歌	〔美〕朗费罗著	王科一译
远大前程	〔英〕查尔斯·狄更斯著	王科一译
当代英雄	〔俄〕莱蒙托夫著	吕绍宗译
夏洛蒂·勃朗特书信	〔英〕夏洛蒂·勃朗特著	杨静远译
缅因森林	〔美〕梭罗著	李家真译注
鳕鱼海岬	〔美〕梭罗著	李家真译注
黑骏马	〔英〕安娜·休厄尔著	马爱农译
地下室手记	〔俄〕陀思妥耶夫斯基著	刘文飞译
复活	〔俄〕列夫·托尔斯泰著	力冈译
乌有乡消息	〔英〕威廉·莫里斯著	黄嘉德译
生命之乐	〔英〕约翰·卢伯克著	曹明伦译
都德短篇小说选	〔法〕都德著	柳鸣九译
无足轻重的女人	〔英〕奥斯卡·王尔德著	许渊冲译
巴杜亚公爵夫人	〔英〕奥斯卡·王尔德著	许渊冲译
美之陨落：王尔德书信集	〔英〕奥斯卡·王尔德著	孙宜学译
名人传	〔法〕罗曼·罗兰著	傅雷译
伪币制造者	〔法〕安德烈·纪德著	盛澄华译
弗罗斯特诗全集	〔美〕弗罗斯特著	曹明伦译

弗罗斯特文集	〔美〕弗罗斯特著　曹明伦译
卡斯蒂利亚的田野：马查多诗选	〔西〕安东尼奥·马查多著　赵振江译
人类群星闪耀时：十四幅历史人物画像	
	〔奥〕斯蒂芬·茨威格著　高中甫、潘子立译
被折断的翅膀：纪伯伦中短篇小说选	〔黎巴嫩〕纪伯伦著　李唯中译
蓝色的火焰：纪伯伦爱情书简	〔黎巴嫩〕纪伯伦著　薛庆国译
失踪者	〔奥〕弗兰茨·卡夫卡著　徐纪贵译
获而一无所获	〔美〕欧内斯特·海明威著　曹明伦译
第一人	〔法〕阿尔贝·加缪著　闫素伟译

第五辑书目（30种）

坎特伯雷故事	〔英〕乔叟著　李家真译注
暴风雨	〔英〕莎士比亚著　朱生豪译
仲夏夜之梦	〔英〕莎士比亚著　朱生豪译
山上的耶伯：霍尔堡喜剧五种	〔丹麦〕霍尔堡著　京不特译
华兹华斯叙事诗选	〔英〕威廉·华兹华斯著　秦立彦译
富兰克林自传	〔美〕富兰克林著　叶英译
别尔金小说集	〔俄〕普希金著　刘文飞译
三个火枪手	〔法〕大仲马著　江城子译
谁之罪?	〔俄〕赫尔岑著　郭家申译
两河一周	〔美〕梭罗著　李家真译注
伊万·伊里奇之死	〔俄〕列夫·托尔斯泰著　张猛译
蓝眼盗	〔墨〕阿尔塔米拉诺著　段若川、赵振江译
你往何处去	〔波兰〕亨利克·显克维奇著　林洪亮译
俊友	〔法〕莫泊桑著　李青崖译
认真最重要	〔英〕奥斯卡·王尔德著　许渊冲译
五重塔	〔日〕幸田露伴著　罗嘉译
窄门	〔法〕安德烈·纪德著　桂裕芳译
我们中的一员	〔美〕薇拉·凯瑟著　曹明伦译
薇拉·凯瑟短篇小说集	〔美〕薇拉·凯瑟著　曹明伦译
太阳宝库 船木松林	〔俄〕普里什文著　任子峰译
堂吉诃德之路	〔西〕阿索林著　王军译
给一个青年诗人的十封信	〔奥〕里尔克著　冯至译

图书在版编目（CIP）数据

伊万·伊里奇之死 /（俄罗斯）列夫·托尔斯泰著；
张猛译 . —北京：商务印书馆，2023（2025.1 重印）
（汉译世界文学名著丛书）
ISBN 978-7-100-23109-1

Ⅰ.①伊⋯ Ⅱ.①列⋯ ②张⋯ Ⅲ.①中篇小说—俄
罗斯—近代 Ⅳ.① I512.44

中国国家版本馆 CIP 数据核字（2023）第 188151 号

汉译世界文学名著丛书
伊万·伊里奇之死
〔俄〕列夫·托尔斯泰 著
张猛 译

商 务 印 书 馆 出 版
（北京王府井大街36号 邮政编码100710）
商 务 印 书 馆 发 行
北京中科印刷有限公司印刷
ISBN 978 - 7 - 100 - 23109 - 1

2023 年 12 月第 1 版　　　　开本 850×1168　1/32
2025 年 1 月北京第 2 次印刷　　印张 3⅛ 插页 1

定价：29.00 元